超越者となったおっさんは
マイペースに異世界を散策する2

A L P H A   L I G H T

神尾優

Kamio Yu

アルファライト文庫

ニーア
明るく活発な、
ぼくっ娘妖精。
邪妖精とは一緒に
しないで欲しい。
バーラット
SSランク冒険者。
隙あらば酒に
手を出す、困った
おっさん。
ヒイロ
神様から
最強スキルを貰い、
異世界を旅する
42歳のおっさん。
レミー
ダンジョンで
ヒイロと出会う、
正体不明の忍者。

主な登場人物
フェスリマス王子
ホクトーリク王国
現国王の孫。
バーラットをおじ様
と呼び慕う。
アメリア
コーリの街の
冒険者ギルドで
副ギルドマスターを
務める女性。
スティア
スレインの
双子の妹。
妖精に興味津津。
スレイン
スティアの
双子の兄。
楽天的なお調子者。

第0話　一行は相変わらずマイペースに

鬱蒼と茂る森の中にある野営地に、おっさんの悲痛な叫び声が木霊した。

「バーラット！　貴方はいいですから、後ろに下がっていてください！」

「大丈夫、大丈夫。Ｅランクごときの相手なんて、このくらいで丁度いいんだよ」

すっかり酔っ払ってしまって足元が覚束ないバーラットに、先程の悲鳴の主――ヒイロは前線から下がるように懇願する。そんな彼の言葉を意に介さないバーラットは上機嫌で、道を遮るように対峙する巨大な蟻のモンスター――ジャイアントアントに向かって槍を構えた。しかしその槍の穂先は持ち主のフラついた身体に連動して、フラフラと標的に照準が定まっていない。

「お？　数が増えたか？」

「あの蟻達は別に仲間を呼んでる訳ではないですから、数は増えてませんよ！　って、バーラット……まさか目の焦点が定まってないんじゃないでしょうね！」

目を擦りながら何度もジャイアントアントの数を確認しているバーラットの方を、ヒイロは驚きに目を見開きながら振り返ったが、バーラットはそんな彼には見向きもせずにゲラゲラと笑いだす。

「まっ、増えたなら増えただけぶっ飛ばせばいいか」

「だから、増えてはいないんですってば！」

ヒイロの悲鳴にも似た訂正は届かなかったようで、バーラットは何もない空間に槍を突き入れ、なんの手応えも得られず不思議そうに小首を傾げていた。

バーラットが何故こんなに酔っ払ってしまっているのか——ことの発端は昨夜に遡る。

ある日突然、若者限定の筈の勇者召喚に選ばれた冴えないおっさん、山田博四十二歳。彼は神様から【超越者】【全魔法創造】【一撃必殺】という三つのチートスキルを与えられると、ヒイロと名を改めて、異世界を旅することになった。

妖精のニーアやSSランク冒険者バーラットと森で出会ったヒイロは、その近くの魔族の集落に来ていた冒険者のレッグス、バリィ、リリィ達とともに、バーラットのホームタウンであるコーリの街へ向かっていた。

しかしその初日だった昨日の夜、ヒイロから禁酒を強いられていたバーラットは、ヒイロが見たことのない魔法を使っているのを目敏く見つけた。

「ヒイロ、なんだその魔法は？」

焚き火の前に座るヒイロが、コップにウォーターの魔法で出した水に更に魔法をかけているのを見て、バーラットは物珍しげに尋ねる。

「これですか？　これはコールドの魔法です」

「コールド？　確か、触れたものを冷やす魔法でしたよね」

ヒイロの言葉に、いち早く反応を示したのは魔道士のリリィ。隣に座っていた彼女は、ヒイロが手に持つコップに興味津々の視線を向けた。

「はい、その通りです。ウォーターで生み出される水は常温ですからね。冷たい水が飲めないものかと思いまして」

ヒイロは、対ゾンビプラント戦でファイアの魔法の温度を調整できた経験から、冷やす魔法でも温度を調整できるのではないかと思い至った。そして【全魔法創造】のスキルでコールドを取得し、挑戦していたのだ。

結果は良好で、温度差でコップの表面についた水滴を見て、ヒイロは満足気に笑みを浮かべる。

「コールドはファイアと同じく、ほとんど使う者がいない魔法ですのに……ヒイロ様は相変わらず変わった魔法に目をおつけになるんですね」

手を胸の前で合わせ、感嘆の中に疑問を含ませたリリィの言葉に、ヒイロは小首を傾げた。

「使う人がいないんですか？　物を冷やせれば、魚介類や野菜、果物を運搬するのに便利だと思うんですが」

「いえ、そうでもないんです。コールドはかけた後の温度を維持できません。ですから、物を冷やす場合は氷を生み出して入れる方がよっぽど効率的なんですよ」

「ふむ……定期的に魔法をかけ続けるより、そっちの方がMP消費を抑えられて経済的、という訳ですか」

リリィの説明に納得して頷きながら、ヒイロはたった今冷やした水が入ったコップを差し出す。リリィは礼を言いながら両手で丁重にそれを受け取り、そっと口へと運ぶと、驚きに目を見開いた。

「あら……暖かい時季に冷たい水なんて初めて飲みましたけど、美味しいものなんですね」

「えっ、マジっすか。俺も飲んでみたいっす」

「俺もお願いします」

「あっ、ぼくも欲しい」

リリィの高評価にバリィ、レッグス、ニーアが即座に反応し、自分のコップをヒイロに差し出してくる。

「はいはい、順番ですよ」

ヒイロは差し出された水の入ったコップに順番にコールドをかけていくが、最後に――

「これも頼む」

「はいはい。コールド……って、これはなんです？」

次々に差し出されるコップにコールドをかけていく拍子で、ついコールドをかけてしまってから、ヒイロは顔をしかめた。

それは、ひと抱えはありそうな丸みを帯びた白い磁器だった。

「エール酒だ。こいつを冷やしたら美味いんじゃないかと思ってな」

その味を想像したのか、バーラットはニッコリと笑いながらヒイロから酒瓶をひったくり、嬉しそうに掲げて見せる。

エール酒とは麦から作られた酒で、つまりはビールである。

「……バーラット、酒は……」

「エール酒なんて水みたいなもんだ。酔いはしねぇよ」

酒飲みの常套句、ビールは水と同じという言葉を聞いてヒイロの頬が引きつる。

「しかし、こんな山奥で酔っ払ったら危険でしょう」

「俺は今まで一人での野営中も晩酌してたんだぞ。魔物が出てきて対応できねぇ程飲むようなヘマはしねぇよ」

「ですが、魔族の集落に行く途中で私が蟻の化け物と戦っていた時は、貴方はグースカ寝てたではありませんか！」

「あー、あれか……すまん、あの時はヒイロの力量が見たくてわざと寝たふりをしてた」

二人が出会って間もない頃、ヒイロを警戒していたバーラットは、力量を測る為にわざとヒイロに単独で戦わせるシチュエーションを作り出していた。それを今告白されて、ヒイロはアングリと口を開ける。

「それに、今日はレッグス達と一緒に過ごす、初めての夜じゃねぇか。親睦をより深めるのに酒は必要不可欠だろ。なあ、リリィ、お前もそう思わねぇか？」

「えっ！　私ですか？」

突然話を振られて、リリィは困惑気味にバーラットとヒイロを交互に見る。

「リリィさん、惑わされてはいけません！　バーラットはこうやって理由をつけては宴会に持ち込んで、翌日の午前中をウダウダと潰してしまうのです」

「別に急ぐ旅じゃねぇんだから、ゆっくりしてもいいじゃねぇか。リリィだって、ヒイロとのんびり旅をしたいだろ。それに今の聞いたか？　親睦を深めてねぇもんだから、ヒイロは未だにお前らのことをさん付けで呼んでるんだ」

二人の顔色を交互に見ていたリリィはバーラットにそう言われると、カッ！　と目を見開きヒイロをマジマジと見つめた。

「リ……リリィさん、バーラットの口車に乗ってはいけません！　私のこれは口癖のようなものです。別に仲が良くないからではありません」

リリィの眼力に押されオロオロしながらもヒイロはなんとか弁解したが、彼女の目力が緩むことはなかった。

「バーラットさん……確かに親睦を深める必要はあるようですね……」

普段からヒイロの口振りを他人行儀だと思っていたのか、リリィはヒイロから目を離さずに、抑揚の無い低い声で提案に乗る旨をバーラットへ伝える。

その言葉を聞いて、バーラットはニヤリと笑った。

「……レッグスさん、バリィさん」

自分寄りだと思っていたリリィが篭絡され、ヒイロは懇願するようにレッグスとバリィの方に視線を向けたが、リリィの兄バリィは俯きながら首を左右に振る。

「無理っすよヒイロさん。前にも言ったでしょう、リリィはああなったらテコでも発言を曲げませんよ」

実の兄でも無理なのかと、ヒイロは三人のパーティリーダーであるレッグスへと視線を移したが、レッグスは申し訳なさそうに目をそらした。

「ヒイロさん……うちのパーティで一番の発言権を持ってるのはリリィなんです。ここは、俺達の中のヒエラルキーの頂点を見抜いて真っ先に篭絡したバーラットさんの勝ちですよ」

バリィに続きレッグスにまで見放され、ヒイロは最後の望みであるニーアへと視線を移した。しかし彼女は、ヒイロの視線に気付いて肩を竦(すく)めてみせる。

「ヒイロ、もう諦(あきら)めなよ。何か急用がある訳でもなし、別にのんびりした旅になってもいいじゃない。それに、旅路(たびじ)を急ぐ為に人の楽しみを取り上げるってのはどうかとぼくは思うな」

「…………」

ニーアの言い分に反論の余地(よち)を無くし、もしかして自分が間違っていたのかと愕然(がくぜん)とするヒイロ。

計画を立て予定通りに行動しようとする、日本人的行動心理を持っていたヒイロだったが、この世界の人達は思いの外(ほか)、大雑把(おおざっぱ)な考えの持ち主なのだと思い知らされた瞬間だった。

「おお！　やっぱり冷やしたらうめぇじゃねえか」

「あら、本当。エール酒は安いだけのお酒だと思ってましたけど、冷えていると喉越(のどご)しが爽(さわ)やかで美味しいですね」

「マジっすか。俺にも一杯下さい」

「あっ、俺もお願いします」

「へ～、じゃあ、ぼくも一杯飲んでみようかな」

固まっているヒイロの背後では、親睦会と称(しょう)された宴会があっという間に始まってしまった。

「おーいヒイロ！　つまみが欲しい、出してくれ」

「あー、もう！　分かりましたよ！」

バーラットに催促されて、半ばヤケになったヒイロは、つまみが載った皿をマジックバッグ経由で時空間収納から出しながら、宴会へとその身を飛び込ませるのだった。


――そして現在。

「確かエール酒では酔わないと言ってませんでしたっけ！」

バーラットに皮肉を言いながら、怒りをぶつけるようにジャイアントアントの頭部を殴って吹き飛ばすヒイロ。

「悪りぃ悪りぃ。冷やしたエール酒が存外に美味くて、つい量がいっちまった」

全く悪びれた様子を見せずに謝罪しながら、千鳥足で次々とジャイアントアントを串刺しにしていくバーラット。目の焦点は未だに定まっていないが、そこは百戦錬磨の経験を活かし、早くも合ってない焦点での戦闘に慣れたようで、気配が感じられるものだけを攻撃して対応していた。

二人は軽口を叩きながら、次々と湧いて出るジャイアントアントを蹴散らしていくが、そこでヒイロがふと気付いた。

「昨夜のバーラットの戯言のついでに思い出しましたが、この魔物って、バーラットが狸寝入りしていた時に現れた魔物と同じじゃないですか！　もしかして、地面で寝ている人間を襲う習性でもあるんじゃないですか？」

「あー……こいつらな、地面に転がってる死体を巣穴に持ち帰る習性があるんだわ」

蟻が虫の死骸を巣穴に運ぶように、自分達がジャイアントアントに引きずられていく様子を想像して、ヒイロは嫌な気分になり顔を歪める。

「ああ、もう！　嫌な思いをするのなら、こんな魔法覚えるんじゃありませんでした――コールド！」

覚えたことを少し後悔しつつも、ジャイアントアントの頭部を鷲掴みにして霜が着く程冷やした後で握り砕くという、エグい使いこなし方をしているヒイロ。そしてヒイロの様子を盗み見て、バーラットは酔っ払って言うことを聞かない身体をそのままに、ゲラゲラ笑いながら槍をオーバーアクションで振り回して魔物を吹き飛ばしていく。

そんな無双状態の二人の背後では、酔い潰れた他の面々が地面に寝っ転がって爆睡していた。その中で、リリィを敷布団代わりにして大の字になっていたニーアが、戦闘音を聞きつけてゆっくりと上半身を起こす。

「…………魔物？」

完全に寝ぼけながら、半眼しか開かない目で魔物の存在を確認したニーアだったが、その魔物達を相手取って大暴れしているヒイロとバーラットの姿を見つけ、にへらっと笑う。

「あの二人が相手してるなら、問題ないね」

安心したニーアはそのままパタリと上半身を倒し、安心しきった表情で再び眠りについた。

第1話　コーリの街到着！

コーリの街。

ヒイロが落とされたイナワー湖を有するホクトーリク王国、その南東にあるクシマフ領のほぼ中心に位置するこの街は、領内の他の主要都市への街道が全て通っている。その為商人や冒険者の出入りが盛んで、領主がいるクシマフの街と同等かそれ以上の発展を遂げていた。

「ほう……ふむふむ……ややっ、あれは！」

「キョロキョロするな！」

街の正門で軽いチェックを受けた後、コーリの街へと入ったヒイロは、石畳で整備された大通りを歩いていた。

某テーマパークのパレードができそうな程広く、街灯を備えた道と、両脇に立ち並ぶレンガ造りの店舗に並ぶ珍しい品物の数々。そして、その道を行き交う様々な種の人々を見て、ヒイロのテンションは否応無しに上がり、キョロキョロと忙しなく首を動かしていた。が、例によってバーラットがその首根っこを引っ掴む。

「ただでさえお前の格好は目立つんだ。そんなに挙動不審な行動してたら、注目されるだろ！」

バーラットの言う通り、ヒイロ達とすれ違った人々は足こそ止めないものの、奇異の視線をヒイロへと向けていた。そしてヒイロと目が合いそうになると慌てて目をそらす。

通行人のその行動にはさすがに気付いていたようで、ヒイロは申し訳なさそうに後頭部に手を当てる。

「いや～、申し訳ない。私も落ち着きたいのは山々なんですが、エルフにドワーフ、獣人に龍人。それに、店々に並ぶ珍しい品々の数々。こんなに目を惹かれるものが溢れていては、つい、目がいってしまって……」

「ホント勘弁してよね。こんなにキョロキョロされたら、ぼくが酔っちゃうじゃないか」

弁解するヒイロの頭の上で、あぐらをかいて腕を組んでいるニーアがバーラットに便乗して不平を漏らす。実際は、大きな街へ初めて来た自分もヒイロと一緒になって目を輝かせていたのだが、その様子は微塵も出していない。

そんなニーアを見つめつつ、ヒイロの背後を歩いていたレッグスが口を開く。

「珍しさで言えば、挙動不審なヒイロさんよりニーアの方がよっぽど上なんですけどね」

「えっ、ぼくが？」

突然引き合いに出されて、後ろを振り向きながら驚いた表情で自分を指差すニーアに、レッグス達三人はコクンと頷いてみせた。

「あー、そうだった。ずっと一緒に居て違和感が無くなっていたから、すっかり忘れていた」

レッグス達とニーアのやり取りを見ていたバーラットが、額に手を当てて天を仰ぐ。その姿に、ヒイロとニーアが小首を傾げた。

「妖精は普通、自分の縄張りから出ることは無いっすから、魔族の集落みたいな山ん中ならいざ知らず、人の街で見かけることはまず無いんですよ」

「そんな妖精を頭の上に乗せて歩くヒイロ様。挙動不審な行動以前に目立たない訳が無いんです」

バリィ、リリィ兄妹が不思議がっているヒイロとニーアに説明すると、二人は『ああ』と納得して頷く。と、天を仰いでいたバーラットがニーアを真顔で見据えた。

「分かったか。そんな訳で、ニーア！　お前は絶対に一人で行動するなよ」

「えっ！　どうして？」

「大きな街には、妖精を捕まえて闇ルートで売っ払おうっていう、不逞な輩が少なからずいるからだ」

その強面と相まって、脅しにしか聞こえないバーラットの忠告を受けて、ニーアは慌ててヒイロのコートに潜り込み、震えながらコートの胸元から顔だけを出す。

「ぼく……ずっとここにいる」

ニーアの行動を黙って見ていたヒイロは、やれやれとため息を一つつき、バーラットへと視線を向けた。

「バーラット、脅し過ぎですよ。ニーアがすっかり怯えてしまったじゃないですか」

「いや……すまん。そんなつもりじゃなかったんだがな。だが実際にいるんだよ。そんなふざけた考えの連中がな」

さすがに怖がらせ過ぎたかとバツが悪そうにするバーラットに、ヒイロは再び嘆息する。大きな街ならそれに比例して悪いことを考える人も増えるのは仕方のないことかと、理解していてもやりきれない気持ちだった。

「ふぅ……ですが、〝闇ルート〟を使っているということは、妖精を売ることは違法になってるんですよね」

「ああ、そうだ。妖精も人種として認められているからな。そんなことをすれば、誘拐と人身売買の罪に問われる。だが、妖精を愛玩動物みてぇに考えてる奴らは結構いるみたいで、なかなかの高値で売れるらしいんだな、これが」

バーラットの話が進むにつれて、ヒイロの顔が嫌悪感で徐々に歪む。

「あっ、でもニーアは強いですから、そんな不埒な輩が出て来てもそう簡単に捕まりはしないですよ」

ヒイロの機嫌が悪くなっていることを察知したリリィが慌ててフォローに入ったが、それを聞いたニーアがションボリと肩を落とした。

「ぼく……妖精の郷じゃあ、弱い方だったんだけど……」

「えっ、あの……その……」

ニーアの返しにリリィがアタフタしていると、この空気の原因を作った罪悪感があったのか、バーラットがフォローに入る。

「弱えぇなら、強くなればいいんだよ。ヒイロと一緒に冒険者登録して、レベルを上げればいいじゃねぇか」

「でも、人間とぼくじゃ、根本的にサイズも違うし……」

妖精と人間では、人間と巨人、はたまたドラゴン程もサイズが違う。妖精の郷で邪魔者扱いされていたニーアには、どうしても英雄のように巨人を倒す程の強さを得た自分の姿がイメージできなかった。そんな彼女に、ヒイロが諭すような口調で話しかける。

「ニーア、身体の大きさなんて問題無いですよ。私の世界では、東で負け無しの御老人が、生身で巨大な鉄の巨人を破壊してましたから」

「生身で⁉」

「はい、圧倒してましたよ」

「……うん、ぼく、頑張ってみるよ」

勿論、ヒイロが引き合いに出したのはテレビの中の、しかも例に出すにはあまりにも元気な御老人だったが、それでもニーアに気概が見て取れ、ヒイロはホッと胸を撫で下ろしバーラットへと視線を移した。

「ところで、冒険者登録を……と言っていましたが、今向かっているのは冒険者ギルドですか？」

「ああ、俺の調査報告もあるし、ヒイロとニーアも登録して身分証を作っておいた方がいいだろ。今回は俺が一緒だったからすんなり入れたが、普通は身分証が無いと街に入るのは面倒だぞ」

「そうですね。元々、冒険者ギルドへの登録は興味がありましたし、まずはそれを済ませてしまいましょう」

身分証の重要性は元の世界と同じだろうと、ヒイロは二つ返事で頷いた。

それから大通りを進むこと数分。

「うっ！」

ニーアがヒイロの懐へインしたことで若干減った周囲の視線を気にせずに歩いていると、レッグスが前方の一点で視線を止めて呻き声を上げる。

「どうしました、レッグスさん？」

レッグスの様子がおかしいことに気付いたヒイロが声をかけるが、レッグスはそれに答えずに固まったように歩みを止めてしまった。

「あー、なるほど」

「ははっ、あいつら、レッグスの帰りをギルドの前で待ち伏せしてらぁ」

レッグスの視線の先を追ったリリィとバリィが納得したように頷き合うのを、ヒイロは不思議そうに眺める。そんなヒイロに寄り添うようにリリィは前方を指差した。

「ヒイロ様、あそこです。冒険者ギルドの前に立つ、双子の兄妹が見えませんか？」

リリィが指し示した先をヒイロが視線で追うと、確かに十二、三歳くらいの顔立ちがそっくりな二人がギルドと思われる建物の前に立っていた。

男の子は戦士風の出で立ちで、女の子は魔道士なのか若草色のローブを纏っている。その顔立ちが、なんとなくレッグスに似ているように感じたヒイロは、思わずレッグスへと振り向いた。

「気付かれましたか。あの子達はレッグスの弟と妹なんですー」

「兄妹、でしたか。それで似ていたんですね。ですが、そうなるとレッグスさんは何故、拒絶的な反応を？」

ヒイロの疑問に、リリィは口を手で覆いながらクスクスと楽しげに笑う。

「実は、今回の遠征にはあの二人も行きたがっていたのですが、レッグスは二人に黙ってこっそり出たんですよ」

「リリィ！　お前はまた俺だけを悪者にしやがって！　新米のあいつらじゃ遠征はまだ早いってことで、お前らも納得済みだったろ！」

「そうでしたか？」

激昂したレッグスの反論に、リリィは素っ気なく惚ける。そのリリィの様子に、レッグスは顔を真っ赤にして更に抗議しようとしたのだが、初めのレッグスの声はあまりに大きかった。

「あ～あ、あの二人、気付いたっすね」

バリィの他人事のような呟きに、ヒイロが視線を正面に戻すと、例の双子が物凄い勢いでこちらに向かって走ってきていた。

「おー、なかなか元気な御兄妹ですねぇ」

「いや、ヒイロさん。そんな呑気な状況じゃあ……」

「レッグスにぃ！」

「レッグス兄さん！」

双子はとてつもないスピードでヒイロ達の下に駆けつけると、そのままの勢いでレッグスへと飛び付く。

「なんで俺達を置いてったんだよ！」

「そうよ！　私達、遠征を楽しみにしてたのに！」

「いや、お前らじゃ、まだ遠征は早いだろ」

双子に纏わりつかれ、レッグスが冷静に諭そうとするが、そんなことで言いくるめられるほど、双子は素直ではなかった。

「俺達だって強くなってるぞ！」

「そうだ！　そうだ！」

「お前ら……強くなったなんて……慢心してんじゃねえよ……」

双子の言い分に、レッグスは怒りでプルプルと身体を震わせ始める。その口調は、冷静なものから怒気を含んだ低いものへと変化し、最後には怒声へと変わった。

「お前ら、まだFランクじゃねぇか！」

レッグスの一喝に一瞬怯んだ双子。しかしすぐに反論が投げかけられ、往来の真ん中で壮絶な兄妹喧嘩が始まった。

ヒイロが突如始まった兄妹喧嘩を仲裁すべきか迷っていると、リリィとバリィがそんなヒイロとレッグス達の間に入った。

「ヒイロ様。ここはレッグスに任せて、早くギルドに参りましょう」

「えっ、ですが仲裁は……」

「あれは、喧嘩じゃないっす。冒険者って仕事を舐めてる新米への説教ですよ」

「随分と偉そうなことを言ってるが、お前らもヒイロの実力を見抜けなかった上に、そのヒイロに命を救われた甘ちゃんだったよな」

先輩風を吹かせたリリィとバリィだったが、更なる先輩であるバーラットからの辛口コメントに、バツが悪そうにヒイロから視線をそらす。

「ヒイロ。ここはこいつらに任せて俺達はギルドに行こうぜ」

「……いいんですか？」

「新米の教育を若造がやるって言ってるんだ。任せとけばいいんだよ。だよな、バリィ、リリィ」

「……それは……」

「あの双子のことはレッグスに任せておいた方が……」

厄介ごとをレッグスに押し付けて、自分達だけはさっさとこの場を離れたかったバリィとリリィだったが、バーラットによってその目論見は潰されることとなる。

「あっ、リリィさん、バリィさん！　二人からもレッグスにぃに言ってやってくださいよ！　レッグスにぃは頭が固すぎて全然俺達の話を聞いてくれないんです！」

「そうです！　レッグス兄さんは、いつまでも私達を子供扱いするんですから！　二人から、私達も十分戦えることを説明してあげてください！」

バリィとリリィの背後から、二人を味方に付けようと双子がその腕をガッチリと掴む。

「えっ、ちょっと待って！　私はヒイロ様と……」

「兄妹喧嘩に巻き込むのは勘弁して……」

悲痛な声を上げながら双子に纏わり付かれるリリィとバリィ。そんな様子を眺めながらヒイロがどうしようかと悩んでいると、バーラットが肩を組んでくる。

「さっ、行こうか」

バーラットは晴れ晴れとした口調でそう言うと、まだ少しレッグス達が気になっていたヒイロを強制的に連れて、ギルドへと入った。

第2話　いざ、冒険者登録

ギルド内は、ほとんどの冒険者が出払った昼頃ということもあり、閑散としていた。

バーラットは入ってすぐに、入り口正面にある受付カウンターに迷い無く歩み寄る。一方で、ヒイロは右手壁際にあった依頼書が貼られた掲示板に目を奪われ、興味深げに眺めていた。

「あら、バーラットさん。お帰りなさい」

「ああ、今帰った。それで、アメリアはいるか？」

カウンターに座っていた女性がバーラットの姿を確認して笑顔で挨拶すると、バーラットは素っ気なく答えてから急かすように知人のギルド職員の名前を出す。

「アメリアさんですか？　ちょっと待っててください」

バーラットの急ぐ様子を感じ取った女性は、そう断りを入れると足早に奥の部屋へと引っ込み、少しして一人の女性とともに戻ってきた。

「あら、バーラット、お帰りなさい。調査結果の報告かしら」

年の頃は三十代前半程、長い金髪を後ろで纏め、メガネをかけた知的な雰囲気を醸し出す女性が、バーラットに気さくに話しかける。

「おう、それもあるんだが、その前に冒険者登録させたい奴がいてな」

「冒険者登録？　それなら担当の娘を呼ぶけど……」

違う担当の件でわざわざ呼び出されたことで、アメリアは怪訝な視線をバーラットへと向けた。

バーラットが自分を通して頼みごとをしてくる時は厄介な事例が多いことを、彼女は経験から知っていたからだ。

「いや、ちと訳ありでな……できればお前に頼みたいんだ。その為に人の少ない時間帯に着くように調整して、一緒に来たレッグス達も外に置いてきたんだからな」

「訳ありぃ～？　……まさか、犯罪者なんて言わないでしょうね」

長身のバーラットの胸ぐらを掴み、自分の顔の高さまで頭を下げさせたアメリアは、小声で確認を取る。

「んな訳ねぇだろ。ただ、登録時のステータス確認でとんでもねぇもんが飛び出してくるかもしれんから、念の為に信頼できるお前に頼みてぇんだよ」

「信頼って……まあ、よく分かんない理由だけど、バーラットが心配って言うのなら仕方がないわね」

信頼できると言われて満更でもない様子のアメリアは、バーラットの胸ぐらから手を放しながら了承する。

そしてそんな二人を、ヒイロとニーアが掲示板を見るふりをしながらチラチラと盗み見ていた。

「あの二人、ただの友達って雰囲気じゃないよね」

「バーラットは独身だと聞いてましたが、あのような方がいらっしゃったんですね」

「二人でなんか話してるけど、紹介してくれるのかな？」

「ニーア、もし紹介されても冷やかしてはいけませんよ。バーラットみたいなタイプは意固地になって否定しそうですから」

「うん。分かった」

二人がニヤニヤしながらそんなヒソヒソ話をしていると、バーラットがアメリアからヒイロ達へと振り向き手招きをした。ヒイロ達はそれに応じて素知らぬ顔でバーラットの下へ足を運ぶ。

「二人とも、彼女はアメリアだ。この冒険者ギルドコーリ支部の副ギルドマスターをしている」

「アメリアです。よろしくお願いしますね」

バーラットがアメリアの背中を軽く押し、それに促されるようにアメリアが少し前に出て頭を下げる。その仕草はまるで、新婚間もない妻を紹介する夫の姿のようで、ヒイロは思わずニヤケてしまう。

「副ギルマスでしたか。ヒイロと申します」

「ぼくはニーア。よろしくね」

「あら珍しい、妖精もいたのね。よろしくお願いしますね、ニーアちゃん」

ヒイロの胸元から顔を出すニーアに、アメリアが中腰になり目線を合わせて微笑ましく挨拶を返す。その傍では、バーラットが険しい顔でヒイロへと寄ってきた。

「おい、ヒイロ。お前、何ニヤケてんだ？　まさか、変な勘違いをしてんじゃねぇだろうな」

「勘違い？　一体、何を勘違いすると言うんです？」

小声で釘を刺してくるバーラットに、ヒイロは素知らぬ顔ですっとぼける。

「何をって……お前のニヤケ面が全てを物語ってるじゃねぇか！　いいか、アメリアは元パーティメンバーってだけで、そんな関係じゃないからな！　その辺を勘違いするなよ」

バーラットの威圧しているのではないかという剣幕に、ヒイロは失敗したと手で顔を覆う。

（ニーアに冷やかすなと釘を刺しておいて、表情だけで冷やかし効果を与えてしまいました……私もポーカーフェイスを覚えないといけませんかねぇ）

「では、ヒイロさんとニーアちゃんはこちらへ」

ニヤケ面を直そうとヒイロが指で両頬をウニウニほぐしていると、アメリアがヒイロ達をカウンターの奥へと招き入れた。

「ヒイロさんとニーアちゃんは、冒険者登録するということでよろしいのですね」

「はい」

「うん」

「分かりました。では、こちらへ」

カウンターの裏でヒイロとニーアに確認を取ったアメリアは、そのまま通路を案内しながら進み、ある一室へとヒイロ達を通す。

そこは窓の無い十畳程の広さで、部屋の真ん中に丸テーブルが一つと、そのテーブルの上に直径五十センチ程の透明な水晶球が置いてあるだけの殺風景な部屋だった。

「こちらにどうぞ」

アメリアは水晶球の載ったテーブルの向こう側へ回り、正面に来るようにヒイロ達を呼ぶ。

ヒイロがそれに従いアメリアの正面に立つと、一緒についてきていたバーラットがアメリアの背後に立って気難しい表情で腕を組んだ。

「それでは、冒険者登録をさせていただきます。ヒイロさん、ニーアちゃん。どちらからでも構いませんので、この水晶球に手を当てていただけませんか」

「じゃあ、ぼくからやるよ」

ニーアはそう言うとヒイロの懐から飛び立ち、水晶球の前でホバリングしながら水晶球にそっと手を添えた。

「ニーアちゃんはレベル21ですね。スキルは……」

アメリアは水晶球に映し出された能力をチェックしていく。そして、全てを確認し終えた後で、顎に手を当てて考え込む仕草をした。

「う〜ん……全体的にスキルや魔法が防御や探索系に偏ってますね。ソロでは辛そうなラインナップですけど、パーティでの補助役ならやっていけそうです。レベル的にはFランクでいけますが、どうしますか？」

「えっ、どうするってなにを？」

アメリアに聞かれたニーアは、何のことだか理解できずに逆に聞き返す。

聞き返されたアメリアはニーアが妖精だということもあり、冒険者のランク分けが分からないのだと解釈して、説明不足だったとニーアに頭を下げた。

「すみません。説明不足でしたね。冒険者にはランクがありまして、下はGランクから上はAランクまで――」

「あっ、その辺はバーラットに聞いてるから分かってるよ。分からないのは、冒険者って登録したら、全員Gランクから始めるんじゃないかってこと」

「あら、そうでしたか。では、その辺の説明をさせていただきます」

最初から丁寧に説明を始めたアメリアを慌ててニーアが制止すると、アメリアはニッコリと微笑んで説明を再開した。

「冒険者登録していただいた時にその方のレベルが高かった場合は、初めからある程度高いランクで登録することが可能なのです。勿論、Cランク以上は功績も加味されるのでDランクスタートが最高となるんですが、ニーアちゃんの場合、攻撃力の面で単独ではFランクの魔物討伐依頼なんかは難しいと思いまして……」

「あ～、そういうこと。だったらヒイロとパーティを組むから問題無いよ。ランクもヒイロと同じでいいや」

呑気にそう答えたニーアに、バーラットが嘆息混じりに忠告する。

「ニーア。お前、ヒイロの実力を知ってるだろ。ヒイロは恐らく最初っからDランクになるぞ」

「え～……だったらFランクでいいや」

同じ日に登録するのにヒイロだけ上のランクになると聞いて、ニーアは少しふて腐れながら頬を膨らませた。

そんなバーラットとニーアのやり取りを微笑ましく見ていたアメリアは、ふと疑問が湧いてバーラットに耳打ちする。

「バーラット、ヒイロさんてそんなに強いの？　見た目ではそんな風には見えないんだけど」

アメリアは副ギルドマスターとして多くの冒険者を見てきた。その経験から、見た目や雰囲気から相手の力量をある程度見抜く自信を持っていたのだが、今目の前にいるヒイロからはどうしても強者のきの字も見つけることができなかった。

「ステータスを確認すれば分かるだろ」

半信半疑のアメリアに、バーラットはぶっきらぼうに答える。

バーラットとて、ヒイロの強さは分かっていても、その底までは見抜けていなかった。故に、このステータス確認で何が出てくるのか把握しきれないのでアメリアに頼んだという訳だ。だが、そんな事情を知らない彼女は勿体ぶるバーラットにキツイ視線を一瞬送りつつも、ヒイロの方に向いた時には見事な営業スマイルを浮かべていた。

「それでは、次はヒイロさんですね」

「分かりました。では――」

一体どんなステータスが出るのかと、バーラットとアメリアが固唾を呑んで凝視する水晶球に、ヒイロは手を当てた。

「えっ！」

「嘘……だろ……」

水晶球に浮かび上がったヒイロのステータスを見たアメリアとバーラットは、そのありえない異様さに硬直してしまった。

そもそもこの水晶球は、触れた者のレベルとスキル、使用可能な魔法を映し出す魔道具だ。そしてスキルと魔法に関しては、元々水晶球に登録されているものから選出して映し出される。

つまり、現在この世界で確認されていないスキルである【超越者】や【全魔法創造】、それに【全魔法創造】でヒイロが新たに生み出した魔法は検知されない。
結果、どのようなステータスが現れるかというと――

名前：ヒイロ　Lv1223　状態：正常
HP　367260／367260　MP　367275／367275
体力　120　筋力　110
敏捷度　95　精神力　150
魔力　125
〈スキル〉
――　――
〈魔法〉
ファイア　ウォーター　コールド　ライト　エアブレード　グランドフォール
パーフェクトヒール

――こうなる。
ちなみに、【格闘術】や【気配察知】、【魔力察知】は完全には身についていないため、検知されなかったようだ。

「えっ……ちょっと待って……レベル１２３って……」

「おいおい、何だこの異常に高いＨＰとＭＰは……それに、あれだけの身体能力を持っていて、なんでこんなに能力値が低いんだ？」

そのアンバランス過ぎるステータスに、バーラットとアメリアは混乱する。

「ファイア、ウォーター、コールド……随分と原始的なラインナップだけど、魔法は思いの外普通……って！　パーフェクトヒール⁉」

魔法の欄を目で追っていき、パーフェクトヒールの文字を思わず二度見してしまうアメリア。

「……想像の上……いや、斜め上ぐらいのステータスは覚悟していたが、まさか想像の下を行っていたとは……」

「バーラットの言っていた意味がやっと分かったわ……こんなステータス、若い子が見てたらあっちこっちに報告して回って大混乱になってたわよ」

あまりのステータスのありえなさに呆然とするバーラットに、同じく呆然としながらアメリアが呟く。

「やっぱりアメリアに頼んで正解だったぜ。これは、ギルドリングにデータを移す前に改ざんしてもらわんと……」

「改ざんって……一体どうやって？」

水晶球に映ったステータスを見て渋面を作るバーラット。アメリアは彼の言葉に一瞬驚き振り返るが、すぐに真面目な表情に変わった。

ギルドリングとは冒険者ギルドが発行する腕輪で、これにステータスデータやこれまでの略歴などを冒険者ギルドは記録している。このギルドリングは国からも信頼があり、ポピュラーな身分証として扱われていた。

その為、本来であれば改ざんなどはギルドの信用に関わる、以てのほかな行為である。しかしこのようなありえない情報を入れた方が、ギルドリングへの信用を失いかねない。そういった理由から、アメリアは冒険者ギルドの利益の為に即座に考え直し、ヒイロを目立たせたくないバーラットと利害が一致した。

「まず、このありえねぇレベルの、千の位を消しちまおう」

「ああ、能力値の方に合わせるのね……それでも２２３……ランク的にはAランク並みよ」

弱い方向で修正するというバーラットの意向を受け取って、アメリアがすぐに水晶球に指を走らせ始める。

「だったら、思い切って百の位も消しちまうか」

「う～ん……それなら能力値との兼ね合いもなんとか取れるかも。でも、問題はパーフェクトヒールよね」

「街に入る時のチェックでは、名前とレベル、略歴くらいしか見ないんだっけか？」

「ええ。でも、他の街のギルドに行ったら、新顔は全部チェックされるわよ。低レベルの冒険者がパーフェクトヒールを覚えてるなんて噂が広まったら、嬉々として教会が出張ってくるわよ」

「ちょっと待ってください」

今まで、よく分からないが自分の為に何かしてくれている二人の邪魔にならないように黙っていたヒイロ。しかし以前バーラットから出た教会という単語が、苦虫を噛み潰したような表情のアメリアから出たことで、彼は会話に割り込んだ。

バーラットとアメリアは一旦会話を中断して、ヒイロの方に顔を向ける。

「前にもちょっとだけバーラットに聞きましたが、その教会という組織は一体何なんですか？」

「あ～……そういえば、教会がどういう組織か、教えてなかったな」

「えっ！　ヒイロさん、教会を知らないんですか？」

ヒイロの疑問に、バーラットは以前説明を中断していたことを思い出し、アメリアは教会を知らないヒイロを訝しげに見つめる。

「ヒイロは人里から離れた生活をしてたらしくてな。一般知識が乏しいんだ」

「……嘘ね」

　間を置かずに出したバーラットのそれらしい言い訳を、彼と付き合いの長いアメリアは瞬時に嘘だと見抜く。しかし、バーラットもその辺は織り込み済みだったのか、焦る様子を見せずに言葉を続けた。

「とりあえず、そういうことにしてくれると助かる」

「……元々、訳ありなのは聞いてたし、分かったわ。今回はそういうことにしてあげる」

　つうかあのやり取りをするバーラットとアメリアをヒイロが微笑ましく見ていると、話をつけた二人が彼の方に振り向いた。

「……ヒイロ。お前、また変なことを考えてるだろ」

「私とバーラットはそんな関係ではありませんから、勘違いしないでくださいね」

　バーラットは睨みつけるように、アメリアは背筋が冷えるような笑顔で、それぞれ分かりやすい威圧をかけてきたので、ヒイロは笑みを引きつらせてコクコクと頷いた。

「それで、教会がどのような組織か、でしたね」

　アメリアが気を取り直して話を戻したので、ヒイロは表情を引き締めて静かに頷く。

「教会は、創造神を崇める、この大陸最大の宗教団体です」

「大体は想像していましたが、やはりそうでしたか。しかしそうなると、バーラットが毛嫌いしている理由が分からないのですが？」

　ヒイロがそう返すと、アメリアは困ったように微笑む。

「う〜ん、それはバーラットに限らず、冒険者全体が感じてることなんですよね」

「と、いいますと？」

「教会は、回復魔法は神の加護が具現化した現象だと公言してまして、回復魔法の才能がある者は教会に入信すべきだと勧誘するんです」

その口調から、アメリアも教会に対してあまりいい印象は持っていないなと察したヒイロは、遠慮無く更なる疑問を投げかける。

「それは、本当にそう思っているのですか？　回復魔法の独占を狙ってるのではなく？」

ヒイロの鋭い突っ込みに、アメリアは驚きの表情を浮かべ、バーラットはニヤリと口角を上げた。

「教会設立当初は本当にそう考えていたのかもしれませんが、今は既に、回復魔法も単なる魔法の一種だと証明されてますから……」

「完全に回復魔法の独占狙いだな。教会は回復魔法の才能があると分かると、まだ子供の頃から両親に金をチラつかせて入信を勧める。はっきり言っちまうと、入信を隠れ蓑にした人身売買だな、これが」

アメリアが副ギルドマスターという立場上、言い辛かったことを、バーラットが引き継いでキッパリと言い放つ。

人身売買という単語に、ヒイロは眉をひそめてあからさまに不快感を見せる。が、それと同時に、冒険者の不評を集める程、回復魔法の才能を持つ子供を集める教会の手際の良さに興味を惹かれた。

「一つ疑問なんですが、教会は回復魔法の才能のある無しをどうやって知るんですか？」

「教会は年に一度、聖神適性という検査の場を主要都市で開くんだ。大体、受けに来るのは下層階級の者ばかりだがな。親子で検査を受けに来て、適性があれば親は金を貰い、子は入会する」

「悪いことばかりではないのですけどね。食べる物にも困ってる下層階級の方々は少なくありませんから、入会できれば親はお金を得られ、子供はちゃんとした生活の場と教育の機会まで得られるのですから……」

「将来、自分とこの兵隊になる連中なんだ。そりゃ、教会も教育くらい受けさせるさ」

「冒険者ギルドは良くも悪くも自由を尊ぶ組織ですから、選択権をろくに持たない子供の頃に、勝手に未来を決めてしまうような行為を、好ましく思わない方々が多いのです」

「まあ、下層階級の連中は冒険者になる確率が高いからな。回復役をほとんど教会に引っ張られて面白くねぇのさ」

アメリアが折角着せた歯の衣を、綺麗に剥ぎ取っていくバーラット。アメリアも眉をひそめはするが、バーラットを強く咎めないところを見ると、本心ではそう思っているのだなと、ヒイロは確信した。

「なるほど……大体、理解できました。が、それ程大々的に、しかも露骨に回復魔法を使える人を集めて、国は何も言わないんですか？」

ヒイロの疑問に、バーラットは眉間に皺を寄せながら後頭部を掻きつつ、ウ～ンと唸る。

「そこが教会の上手いところでな。教会は回復魔法を使って悪どく儲けないんだよ」

「教会で回復魔法をかけてもらうと、大体、料金は銀貨五枚なんです。その他に回復魔法を使える人材の派遣もしているのですが、そちらの料金は一人当たり一日、大銀貨二枚から三枚といったところです」

ヒイロはアメリアの口にした金額を日本円に換算して、回復一回五千円。人件費一日あたり二万から三万円と割り出す。

「ふむ……治療費としては手頃に思えますし、人員斡旋に至っては回復魔法を使えるという特殊性を考えれば割安にすら感じますね」

「そうなんだよ。冒険で得られた財や報酬は斡旋された奴も含めて山分けになるから二重取りと言えなくもないが、それでも回復魔法を使える奴は貴重だから、冒険者でも利用している奴は多い」

「国民も安く治療が受けられるので、教会への信頼は厚いのです」

「国も、国民の信頼が厚い教会を敵に回すような真似はできないということですか……」

ヒイロはそう言いながら、自分の中で情報を整理する。

（思ったより悪い組織という感じはしませんね……勧誘も金銭が動いてはいますが、双方の合意の下と言えなくもありませんし……バーラット達の口振りからも、入会した子供達が酷い仕打ちを受けている様子は無さそうですしね）

教会を毛嫌いしているバーラット達の情報から、元の世界で偶に耳にしたこともあったような神の威を借る悪徳宗教団体では無さそうだと、ヒイロは少しホッとした。

そんなヒイロの表情を見て、アメリアは眉間に皺を寄せた。

「ヒイロさん。ヒールやハイヒール程度なら、教会も無茶してまで入会させようとはしないでしょうが、回復魔法最高位のパーフェクトヒールを使えるとなれば、まず、見逃すことはありえませんよ」

まるで、教会に対して気を許したヒイロを見抜いたかのようなアメリアの一言に、ヒイロはビクッと背筋を伸ばしてマジマジと彼女を見る。

そんな視線を受け、教会に対するヒイロの心情に確信を持ったアメリアは、瞳に心配の色を宿しながら言葉を続けた。

「現在、この国でパーフェクトヒールの使い手は九人います。その内、五人が教会に所属し、二人が国に所属。残りの二人は冒険者ギルド所属ですが、SSランクとSSSランクですから事実上は国の唾が付いているんです」

「さすがの教会も、国に所属している奴をあからさまに勧誘するような真似はしない。だが、フリーなら話は別だ。ヒイロがパーフェクトヒールを使えると世間に知れたら、国と教会で争奪戦が始まるぞ！」

　冷静な口調のアメリアから引き継がれたバーラットの脅しとも取れる物言いに、ヒイロはそんなのは御免です、と肩を落としながら嘆息する。

　ヒイロに自重を促すことに成功したようだと、バーラットとアメリアは密かに視線を交わしてほくそ笑んだ。

「よし、そうとなったらパーフェクトヒールもヒールに改ざんしてしまおう。レベルは23。ランクはG。これなら目立つまい」

「そうね。これ程の改ざんは初めてだけど、ことがことだから、仕方がないわね」

　バーラットの提案にアメリアが同調し、改ざん作業が始まる。そんな二人にヒイロは、余計な手間を掛けさせて申し訳ないと頭を下げるのだった。

第3話　身の程を知らない新人へのスパルタ指導

「では、これが冒険者ギルドに所属した証となるギルドリングです」

　カウンターの前に戻り、ギルドリングの完成を待っていたヒイロとニーアは、やっとでき上がってきた白銀色の装飾の無い腕輪を受付の女性から笑顔で受け取り、早速手首に装着した。

結局、ヒイロがGランクということで、ニーアもGランクから始めることに決め、二人は互いの手首に嵌められたギルドリングを見つめて楽しげに笑みを浮かべていた。

「冒険者なんかになって、何が嬉しいんだろうな」

ギルド内に設置されているテーブル席に座っていたバーラットが、ヒイロ達の様子を遠目に見て、喜んでいる二人に水を差すような発言をボソッと呟く。

バーラットにとって冒険者とは、他に働き口が無い者が就く最終就職口という感覚だった。実際、そういう意味合いで冒険者になる者も少なくはないので、バーラットの向かいに座るアメリアは彼の言葉に苦笑いで返す。

「ちゃんと、冒険者という職業に夢を抱いてギルドの門を叩く子もいるわよ」

言いながらアメリアは、バーラットとは対照的に微笑ましく二人を見る。

「子って……ヒイロはそんなことで浮かれる歳じゃないだろうに」

「あら、新しいことをするのに胸躍るのは、何も若い子だけじゃないでしょ」

「そんなもんかね」

「貴方だって、強い魔物と戦っている時は生き生きしてるじゃない」

アメリアにそう言われ、バーラットは今回の旅で一番の難敵だったヒイロとの戦いを思い浮かべる。

（あれは、ここ数年で一番の激戦だった。幾度となく背筋に寒いもんが走って、最後は死を覚悟したが、確かに今思えば楽しかったかもしれんな……）

思い出し笑いにしては獰猛過ぎる笑みを浮かべるバーラットに、長い付き合いながらアメリアが若干引いていると、ギルドの入り口の扉が壊れんばかりに乱暴に開け放たれた。

「何だ一体？ ……って、レッグスか」

その音で回顧から引き戻され我に返ったバーラットは、入り口に仁王立ちしていたレッグスを確認してすぐに興味を失い、再びアメリアとの雑談に興じ始める。

「ヒイロさん！」

レッグスはカウンター前に立つヒイロの姿を見つけると、一目散に駆け寄っていった。

ヒイロは突然現れたレッグスに驚きながらも、その緊迫した様子からただならぬものを感じて、緊張しながら彼の次の言葉を待った。

「ヒイロさん、お願いします！」

ヒイロの前に立ったレッグスは深々と頭を下げる。

Aランクの冒険者として名高いレッグスが、たった今ギルドリングを受け取ったばかりの新人に頭を下げる。そんな姿が異様に映ったのか、カウンター奥にいたギルド職員達からどよめきが起きる。時間帯的に他の冒険者がいなかったのは幸いと言えた。

そして職員達も、アメリアがニッコリと口元に笑みを浮かべながら唯一笑っていない視線を向けると、何かを察したのか、ゴクリと喉を鳴らしながらコクコクと頷き、作業に戻っていった。

「ちょっ……どうしたんですか、レッグスさん。とにかく顔を上げてください」

背後で行われたアメリアのファインプレーを知らないヒイロは、突然人の目を気にせずに頭を下げたレッグスに困惑しながら、その肩に手を置く。

レッグスは頭を上げて、すがるような視線をヒイロに向けた。

「ヒイロさん……どうか、スレインとスティアと一緒に魔物討伐に行ってくれないでしょうか」

「……スレインさんとスティアさん？」

「こいつらのことっすよ」

突然の申し出もさることながら、聞いたことのない名前を出されて、ヒイロはクエスチョンマークで頭の中を一杯にする。そこにバリィが、レッグスの背後の出入り口からその答えを連れて入ってきた。

彼の手は、自分の前を歩くレッグスの双子の兄妹の肩に置かれている。

「まったく……レッグス、突然そんなことをお願いしたら、ヒイロ様が困惑するじゃないですか」

バリィの後に続いて入って来たリリィの小言がレッグスに向けられる中、ヒイロはやっと疑問が解けて手の平に握った手を打つ。

「ああ、レッグスさんの双子の御兄妹のことでしたか。しかし何でまた、私がお二人と一緒に魔物討伐なんて話に？」

ヒイロのもっともな疑問に、レッグスは申し訳なさそうに頭に手をやる。

「こいつら、俺達以外とパーティを組んだことが無いんで、自分達の力量が分かってないんですよ。だから、ヒイロさんにはこいつらに身の程というやつを教えてやって欲しいんです」

「……身の程を教えるのに何故、私が彼等と魔物討伐なんて話になるんです？」

身の程なら自分達で教えればよいのではというヒイロの言葉に、レッグスはヒイロの耳元に口を近付けボソボソと耳打ちする。

「あいつら、俺達の力量は見慣れてるんですよ。その上で、Aランクはこの程度と高を括って、自分達も時が経てば勝手にそれくらいは強くなれると思い込んでるんです。ですから、ヒイロさんには、あの人間離れした力の一端を見せて身の程を思い知らせて欲しいんですよ」

レッグスの申し出に、ヒイロは困ったように苦笑いを浮かべた。

ヒイロとて、自分がいかに規格外か十分過ぎる程分かっている。だがそれは、単純に膂力が強いというだけで、戦闘に関しては全くの素人であることをヒイロはバーラットとの旅で重々承知していた。だから、果たして自分と一緒に魔物討伐に行くことが彼等にとってプラスになるのか、ヒイロにははなはだ疑問であった。それに――

「私はまず、コーリの街を散策したかったんですが……」

ヒイロはこの街を見て回りたかったのである。

彼にとってコーリの街は、興味を引かれる物が数多くあった初めての大きな街だった。しかし、バーラットによって半強制的にギルドに連れてこられたので、この後はバーラットに案内してもらい、街を見て回るつもりでいた。

そんな意向を伝えながら、ヒイロはバーラットへと視線を向けた。が、バーラットはヒラヒラと手の平を左右に振ってヒイロの提案を却下する。

「すまんが俺はこの後、用があってな。悪いが別行動を取らせてもらう」

「えっ！　だって、まだ宿も取ってないでしょう」

「あー……それなら問題は無い。俺はこの街に家を持ってるからな。ヒイロもこの街にいる間は俺の家に泊まればいい。部屋ならいくらでも空いてる」

「……えっ？　持ち家があるんですか!?」

「はっはっはっ、SSランク冒険者の財力を舐めるなよ。家を買うくらい、造作も無ぇんだよ」

家を持っていることを自慢するように高笑いするバーラット。

根無し草のような様子だったバーラットが家持ちだと知り、ビックリしているヒイロに、レッグスが縋り付くように再び哀願を再開する。

「頼みますヒイロさん！　こいつら、俺達の忠告じゃ聞かないんですよ。ですからヒイロさんに実戦で、戦いの厳しさを教えてやって欲しいんです！」

「私も同行しますので、なんとかお付き合い願えないでしょうか」

レッグスの懇願に、ヒイロと一緒に魔物討伐に行きたいという自分の願望を心の内に巧妙に隠したリリィの頼みも加わり、ヒイロは観念したようにガックリと肩を落とした。

「今日の午後だけですよ。私も冒険者になって、色々とやってみたいことがあるんですから。それに、教えるといっても私も冒険者としては初心者ですから、御期待に沿えるか分かりませんよ」

色々と予防線を張るヒイロに、レッグスは問題無いとばかりにコクコクと頷き、その影でリリィが小さくガッツポーズを取っていた。

「ヒイロさんなら、冒険者初心者でも全然問題無いです。だから、是非ともお願いします。ほら、お前らもちゃんと挨拶しろ！」

レッグスに促されて、スレインとスティアが前に出てきてヒイロに頭を下げる。

「スレインです。ポジションは前衛で得物はロングソード。ランクはFランクです。よろしくお願いします」

「スティアです。火系と水系の魔法が得意です。同じくFランクです。よろしくです」

（なんだ、しっかりとした挨拶ができるじゃないですか。レッグスさんが言うような問題児には見えませんけどねぇ）

二人の態度に好感を持ったヒイロは、軽く会釈して挨拶の代わりに自己紹介を始めたのだが――

「私はヒイロです。少しばかりの魔法と格闘術が主体ですね。ランクはGです」

「ニーアだよ。風系の魔法を少々、ランクは同じくG」

ヒイロに続き、レッグスが入ってきた時に、扉の開く音にビックリしてヒイロの懐に納まっていたニーアが自己紹介する。その途端、今まで緊張気味だったスレインとスティアの態度がガラリと変わった。

「なんだ、Gランクかよ。レッグスにぃが敬語なんか使うからどんなに強いのかと思ったら、見た目通り強くないいんじゃん。緊張して損した」

「うわっ、妖精だ！　初めて見た。可愛い～」

スレインはその場でダラけたように姿勢を崩し、スティアはヒイロの懐に納まっているニーアに手を伸ばしてくる。その、冒険者ランクを知った後の舐めきった豹変っぷりに、ヒイロはスティアの手を優しく払いのけながら、引き受けたことを少し後悔していた。

そんなヒイロの心情を知らずに、レッグス達はスレインとスティアを咎めることも忘れてヒイロを驚きの表情で見つめる。

「……ヒイロさん、Ｇランクなんですか！」

「あの戦闘力でＧランクなんて、ありえねぇっす」

「ヒイロ様がＧランク……冒険者ギルドはヒイロ様を舐めているのですか！」

三者三様に驚くレッグス達。一人だけ怒りを滲ませている者がいるが、その怒りの矛先はスレイン達には向いていなかった。

ヒイロは、なおも新しいオモチャを見つけた子供みたいにニーアに手を伸ばしてくるスティアをあしらいながら、そんな三人に呆れたようにボソッと呟く。

「別にランクには拘りがありませんので、それはそれでいいのです。それよりもこの二人……肩書きや見た目で相手を見くびるところなんて、レッグスさんにそっくりですねぇ。さすが兄妹です」

ヒイロの皮肉を利かせた呟きを聞き我に返ったレッグス達は、慌ててスレインとスティアを宥めるのだった。

コーリの街は東と西の山脈に挟まれているが、山脈同士はある程度距離が離れており、街の周りには平野が広がっていた。平野に生息する魔物は北と東で比較的レベルが高く、次いで西。そして、今ヒイロ達が来ている南の平野の魔物が一番低レベルで、駆け出し冒険者でも安心して行動できる狩場となっている場所であった。

「せいっ！」

鋭い掛け声とともにスレインのロングソードが一閃され、額にドリル状の角を持つウサギ、ホーンラビットが切り倒される。

「へっ、やっぱり南の平野じゃあ、手応えが無さ過ぎるぜ」

「ファイアアロー！　スレイン、弱い魔物ばかりだからって油断し過ぎ」

ホーンラビットを一匹倒して勝ち誇っていたスレイン。その背後から、角を前面に向けて飛び掛かってきたホーンラビットを、スティアがファイアアローで撃ち落とす。

「攻撃範囲に入ってきたら、振り向きざまに斬りつけるつもりだったんだよ！」

「嘘ばっかり。全然気付いてなかったくせに」

ホーンラビットを見つけるや否や、突然飛び出して行って勝手に戦闘を始めた挙句、終いには口喧嘩を始めた二人を、ヒイロは苦笑いで見つめていた。

「パーティの連携を考えずに好き勝手に戦闘を始め、周囲の警戒には無頓着。挙句の果てには魔物が闊歩する草原のど真ん中で口喧嘩ですか……素人の私でも悪手のオンパレードなのが分かります。いやはや、予想以上の問題児ですねぇ」

「すみません……レッグスは口では厳しく注意するんですが、基本的にスレイン達には甘いので、実戦では怪我をする前に助けてしまうんです。ですから、戦闘中に危険なことに直面していない二人は、自分達が強いと勘違いしてしまっていて……」

「彼等との付き合いは長いのですか？」

ここに来るまで、スレインとスティアがリリィを実の姉のように慕っていたのを見ていたヒイロは、この三人がどのような関係なのか気になり聞いてみた。

「私と兄さんはレッグスと幼馴染みなんです。だから、スレインとスティアのことも生まれた時から知ってます」

「ほほう。では、リリィさんやバリィさんにとっても彼等は弟、妹みたいな存在なんですね」

「はい。ですから、スレイン達が自分も冒険者になると言った時は皆で反対したんです。ただ、いかんせん私達も冒険者ですから説得力が無かったらしく、結局、私達の後を追って冒険者になってしまったんです。それでも、冒険者として生き残れるように厳しく鍛えるつもりだったんですが……」

やっぱり強く止めとくべきだったというニュアンスをふんだんに含んだリリィの言葉に、ヒイロはスレイン達を心配する彼女の心情が見て取れて、静かに微笑んだ。

「なんだかんだ言って、皆で甘やかしたということですか。まぁ、可愛い弟分と妹分でしょうから、分からない訳ではありませんけど。しかしそうすると、私が期待されているのは彼等へのピンチの演出というところですか?」

ヒイロの言葉にリリィは力強く頷く。リリィの脳裏には、兄が死にかけていた時に颯爽と現れたヒイロの心強い姿が鮮明に浮かんでいた。あの演出をもう一度と願うリリィに、ヒイロの懐に納まっていたニーアが水を差す。

「だとしたら、場所の選択を間違ったよね」

ニーアの的を射た言葉に、ヒイロとリリィは顔を見合わせる。

そう、この地にはスレイン達を窮地に立たせるような魔物はいないのだ。

しかしヒイロ達がこの地を選んだのは、別に狙った訳ではない。

魔族の集落の騒動を解決したことになっているレッグスは、ヒイロにスレイン達を押し付けた後、今回の遠征の報告をするために、バリィを引き連れてギルドの奥に引っ込んでしまった。同行することになったリリィも、行き先はお任せしますとしか言わなかった。しかし、ヒイロがこの辺りの情報に詳しい筈も無く、結局、オススメの狩り場を受付の女性に聞いたのだ。

いくらAランクのレッグス達と知り合いとはいえ、Gランク、しかも四十歳超えのヒイロに魔物を狩る場所を教えて欲しいと言われ、この地を案内した受付の女性に罪は無いだろう。

「ピンチの演出が目的だと初めから分かっていたら、もっといい場所を教えてもらったんですけどね」

「あの受付のお姉さんも、Aランクのリリィが一緒なんだから、もうちょっと気の利いた場所を教えてくれればいいのに」

「まあまあ、このまま街を回り込むように西へ向かえば、徐々に魔物も強くなっていきますから、のんびり行きましょう」

元々、ヒイロの魔物討伐に同伴することが一番の目的だったリリィが、考え込んでしまったヒイロとニーアにそう進言する。

「そうですね。日暮れまではまだ時間がありますし、のんびり行きますか」

急いだからといって、こちらの思惑通りには進展しないだろうと判断したヒイロは、まんまとリリィの思惑にハマりつつ、未だに口喧嘩をしているスレイン達の下に近寄る。そして膝をつくと、彼等が倒したホーンラビットを拾い上げた。

「う〜ん、見事なドリルです。これで回転すれば最高なんですけどねぇ」

「……角が回転したら怖いよ」

両耳を持って持ち上げたホーンラビットの角をしげしげと見つめて笑みを零すヒイロに、ニーアはドリル状の角を回転させて敵の身体を抉るホーンラビットを想像して異を唱える。

しかし、ヒイロはそんなニーアを諭すように反論した。

「何を言います。ドリルで地中を進み、地上に出ると同時に敵の土手っ腹に風穴を開ける。

ドリルは男のロマンなのです。足が折れそうなくらい細い方は腕に装備してましたし、ミサイルとして飛ばす強者も大勢いましたよ」

熱く語るヒイロに、ニーアはまた始まったと言わんばかりにそっぽを向き、リリィは曖昧な笑みを浮かべながら小首を傾げた。そんな二人を見てヒイロは嘆息する。

「うーん、やっぱりドリルの良さは分からないですかねぇ」

残念と言わんばかりにのたまいながら、ヒイロはマジックバッグにホーンラビットをしまいこんでいった。

「さて、行きますか」

このままここに居ても収穫がある訳でもなし、ヒイロは、まだ言い争いを続けているスレインとスティアに声をかけた。

「スレインさん、スティアさん」

「あん？　何だよヒイロのおじさん」

「何ですか？　ヒイロのおじさん」

「そろそろ、西の方に移動――」

口喧嘩の延長で、険のある口調で言葉を返すスレインとスティア。喧嘩中とはいえ目上の者に対する口振りではない。しかし、特に気にした様子のないヒイロが先を促そうとしたのだが――

「スレイン！　スティア！　貴方達、ヒイロ様に向かって、何て口の利き方を！」

リリィの怒声がそのヒイロの言葉を塗り潰した。

「何だよリリィ姉ちゃん。冒険者は実力が全てだろ。いくら歳が上だからって、Fランクの俺達がGランクのおっさんに畏る必要はないだろ」

「そうだそうだー！」

さっきまで口喧嘩をしていたとは思えない団結力で反論するスレインとスティア。そんな二人をリリィが全身をワナワナと震わせながら睨みつけると、それを見たヒイロは慌てた。

「リリィさん落ち着いて！　私なら気にしてませんから。大体、リリィさんなんて初めて会った時は私をガン無視してたじゃないですか。仕打ち的にはそっちの方が酷かったですよ」

このままではこの場所で日が暮れてしまうのではないかと心配したヒイロが、リリィを宥める。

リリィは、ヒイロを歯牙にも掛けていなかった事実を持ち出されて「うっ」と呻きながら押し黙った。

「やれやれ……リリィさんに同行してもらって、私の気苦労が増えている気がします」

早く、無事に半日が過ぎて欲しいものだと願うヒイロだった。

一方その頃、バーラットは、大通りから大きく外れた裏通りを一人歩いていた。

コーリの街は旅人や商人、冒険者などの出入りが多い。それ故、駐屯の兵や自警団がそれなりの人数揃っているのだが、それでも、その目を街の隅々まで届かせることはできない。

今、バーラットが歩いているこの一帯もそんな目の届かないエリアの一部で、ガラの悪い男達がうろついている。しかしながら、大通りを歩く人々より、こういった場所の常連である彼等の方がSSランクのバーラットのことをよく知っているようで、彼の姿を見ると大袈裟に端に寄りその行く道を開けていた。

バーラットはそんな連中には目もくれず、裏通りのど真ん中をのしのしと歩いていく。

そして、一軒の家の前で立ち止まった。

そこは、本当に人が住んでいるのかと疑いたくなるような、辛うじて家の体裁を保っている平屋の掘っ建て小屋だった。その今にも崩れそうな外観は、知らない人が見たら十人中十人が廃屋だと思うことだろう。

「おーい！　生きてるかぁー？」

バーラットが叩けば間違いなく壊れるであろうボロいドアの前で、彼は大声を上げる。

だが、掘っ建て小屋の中からの返事は無い。

「…………いないのか？　開けるぞ」

少し待ち、バーラットが確認を取ってからドアノブに手をかけると、掘っ建て小屋の中がバタバタと騒がしくなった。

「なんだ、やっぱりいるんじゃねぇか」

そう呟き、バーラットがドアノブから手を放すと、それと同時にドアが開いて一人の小柄な老人が姿を現した。

老人の年の頃は七十くらい。ボロ雑巾と見間違いそうな灰色のローブを纏い、いつから洗っていないのか分からないゴワゴワの髪を苛立ったように掻きながら、バーラットを険しい眼差しで見上げていた。

「よう、ボブ爺。元気そうじゃねぇか」

バーラットが手を上げながら陽気に話しかけると、仏頂面だった老人は更に不機嫌そうに顔を歪める。

「ふん！　バーラット、お前は相変わらず無駄に元気だな。で、何の用だ！　儂としてはさっさと消えて欲しいんだがな」

「何だ、折角顔を出してやったのに随分とご挨拶だな」

「お前が来たから機嫌が悪いんだよ！　毎回毎回、人の研究の邪魔に来おって！　前回など、鍵のかかっていたドアを力尽くで開けて、ドアを破壊したではないか！」

「あれなら、ちゃんと色を付けて弁償しただろ。大体、いつも居留守を使うボブ爺が悪いんじゃねえか」

「ふん、何の得にもならんことに時間をかける程、暇じゃあないんだよ。で、今回は何の用だ」

一通り憎まれ口を叩きあった後で、二人はやっと本題に入る。これはいつものことで、二人にとって挨拶代わりのようなものだった。

邪魔者呼ばわりされて苦笑いを浮かべていたバーラットは、ボブ爺が聞く気になったのを見計らって表情を引き締めた。

「ボブ爺、【一撃必殺】というスキルに心当たりはあるか？」

バーラットの質問にボブ爺は興味深そうに片眉を上げて目を見開くと、そのままクルリと背を向けた。

「入れ」

そう短く言い捨てて、スタスタと家の奥へと歩き始める。バーラットは、見込みありと踏んでほくそ笑みながら後に続いた。

案内された部屋は、入り口から続く廊下の突き当たりにあった。

「で、そのスキルの名を何処で聞いた？」

窓の前に置かれた机に備え付けられている椅子に座りながら、ボブ爺は部屋の入り口で立ち尽くすバーラットに問いかける。

ボブ爺がいるのは部屋の奥の壁際で、二人の距離は約三メートル程。左右の壁は、天井近くまで積み上げられたボブ爺の蔵書で見えなくなっていた。

やっと本題に入ったというのに、バーラットはこの本がいつ崩れてくるかと気が気でなかった。

「相変わらず怖ぇえ部屋だな……地震が来たら本に潰されるぞ」

「ふん、本に潰されて死ぬなら本望だわい。で、情報の出所は何処なんだ」

急かすように聞いてくるボブ爺に、バーラットはさっさと用を済ませてこんな落ち着かない所から出ようと口を開く。

「情報の出所も何も、持っていたって奴から聞いたんだよ」

「なにぃ、持っていた奴がいただと!? 持っていたという口振りからすると、もう、使ったのか?」

興奮したボブ爺が勢い良く立ち上がり、振動で両脇の本の山が揺れ動く。その、命の危険すら感じられる光景に、バーラットは左右の本を交互に見ながら慌てた。

「おいおい……俺はこんな所で死にたくないぞ！　頼むから落ち着いてくれ」

もし本が崩れてもすぐに逃げ出せるように、バーラットは部屋の奥まで行かずドアの前に立っていた。彼にそこまで警戒させる程、この部屋の本は微妙なバランスで積み上がっていたのだ。

　だが、部屋の持ち主は、そんなことは御構い無しに捲し立てる。

「そんなことはどうでも良い！　おい、どうなんだ？　そいつは【一撃必殺】を使ったのか？」

「分かった、分かったから落ち着け……そいつは魔物を倒す為に使ったと言っていた。そして、使い捨てだからもう二度と使えないともな」

　バーラットはボブ爺を宥めながら、これ以上興奮させないように手短に情報を伝える。しかし、その判断は逆効果だった。

「使い捨て……なるほど。それで、そいつの倒した魔物というのは確認したのか？」

「ああ、そいつは勿論。俺ですら一人では仕留められない大物だったよ」

「そうか……お前ですら倒せない大物を……」

　歓喜に身を震わせるボブ爺。それを見て、バーラットは冷や汗を額に滲ませながら後ろ手にドアノブに手をかけた。

「クックックッ……これで、あの資料の真実味が出てきたな」

「何のことだ？」

「おっと、いかん。これは早々に、あの資料を検証し直さねば……」

「ちょっと待てぇーーーーー!!」

　自分の疑問を無視して積み重ねられた本の中程に手をかけようとするボブ爺に、バーラットは悲鳴に近い制止の声をかける。その甲高い大声はさすがに無視できなかったのか、本に触れるすんでのところで手を止めたボブ爺は、迷惑そうにバーラットへと顔を向けた。

「何だ騒々しい。儂は忙しいんだ、大人しくしていろ」

「調べ物なら俺が帰ってからにしてくれ。それよりも、【一撃必殺】なんてスキルは本当にあるのか？　そして、それは使い捨てのスキルなのか？　それだけ教えてくれ」

　ドアノブに手をかけたまま、さっさと要件を済まそうとするバーラット。そんな彼を迷惑そうに見つめていたボブ爺は、一つため息をつくと身体ごと彼の方に向き直り、その答えを語り始めた。

「【一撃必殺】は、スキル研究者の間では存在しないスキルだとされている」

「存在しない？　だが、名前は知れているんだろ？」

「ああ、眉唾物のスキルとしてな。【一撃必殺】の名が世に出たのは過去一度きり、百五十年も前のことだ。当時、辺境に住んでいた十歳くらいの少年が、村を襲おうとしたドラゴンを一人で倒したそうだ」

「少年がドラゴンを一人で、ねぇ……」

　物語のような展開に、バーラットは鼻で笑いながら相槌を打つ。

　別に信じていない訳ではない。実際、ヒイロがドラゴンよりよっぽどタチが悪いエンペラークラスを倒しているのを知っているのだから。

　しかし、そんな語り出しでは眉唾物と思われても仕方がないと思ったのだ。

　ボブ爺は、バーラットの態度を信じられない話だと思われたと捉えたのか、面白くなさそうに「ふんっ」と鼻を鳴らしてから話を続けた。

「少年が一人でドラゴンを倒したという話を聞き、国が調査隊を村に派遣したところ、その少年は【一撃必殺】というスキルを使って倒したと答えたそうだ」

「なるほどな。それでその少年は、一度きりしか使えないスキルだと説明した訳か」

「その通り。勿論、国がそんな話を信用する訳がない。その後、国は少年が死ぬまで約六十年に亘り監視を続けたそうだが、【一撃必殺】が使われることは無かったそうだ」

　当時の国の対応に、同じ疑問を持ったバーラットは自虐的に笑う。ボブ爺はバーラットの反応を見て、片眉を上げて不審に思いながらも話を続ける。

「その時の調査の記録は国の資料として残されたが、【一撃必殺】の名は、それ以前も、それ以降も出ていない。そしてあまりにも荒唐無稽な話の為に、誰かが面白半分ででっち上げた話を国の資料の中に紛れ込ませたのではないか、というのがスキル研究者の間では定説になっている」

「そうか、事例は一つだけか……しかし、一回しか使えないという証言は一緒だな」

　それが分かれば十分と、バーラットはドアを開ける。そんな彼を、ボブ爺は慌てて引き止めた。

「おい、待てバーラット！　その【一撃必殺】を使ったという奴は、今何処にいる？　一度話を聞いてみたいのだが……」

「そいつなら死んだよ」

「死んだだと！　一体何処で――」

　さらっと嘘をつき、尚も食い下がろうとするボブ爺を置き去りにして、バーラットはさっさとその部屋を後にした。

第4話　災害

「おや？」

　ホーンラビットや、体長六十センチ程のバッタであるカーニヴォラスグラスホッパーなどをサクサク片付けながら西に向けて進んでいたヒイロ達一行。ところが戦闘の出番が無くて素敵に集中していたヒイロが、【気配察知】に妙な反応を感じて歩みを止めた。

「どうしました？」

「どうやら、敵のようです」

隣を歩くリリィの問いかけに、ヒイロはジッと地面を見ながら答える。

「へっ？　敵？　何にも見えないけど」

ヒイロの頭上を飛んでいたニーアが少し高度を上げてグルッと見渡したが、それらしきものは見えない。そんなニーアに対して、ヒイロはかぶりを振った。

「地上や空ではありません。地面の下ですよ」

「地面の下？　じゃあ、そいつは地中を移動してるの？」

「はい。これはいよいよ以てドリル付きの魔物が……」

「いない、いない。そんな滑稽な姿の魔物がいたら、とっくの昔に有名になってるよ」

ニヤケてワクワクしながら空想を膨らませるヒイロを呆れながら否定しつつ、ニーアはスレインとスティアの方に目を向ける。

二人は雑魚相手に快進撃を続けつつ、有頂天になりながらヒイロ達の五メートル程先を歩いていた。

「あの子達、気付いてないとしたらまずいんじゃない？」

「そうですね。いくらピンチを演出したいからといって、無警戒の足元から奇襲を受けたら、さすがに危険ですよね」

「ちょっと待ってください」

前を歩く二人に注意を促そうとすると後ろからリリィが静かに止めたので、ヒイロは怪訝そうに振り返った。

「何ですかリリィさん。地中の魔物は結構近くまで来ているんですが……」

あまり悠長に構えてはいられないと焦りを見せ始めるヒイロに、リリィはニッコリと微笑んでみせた。

「地中からの魔物、それには心当たりがあります。ここは私に任せてもらえないでしょうか、ヒイロ様」

妙に落ち着いたリリィの姿に、さすがはAランクの冒険者だとヒイロは感心する。

「分かりました。リリィさんにお任せします」

様々な場面でヒイロを立てるリリィだが、なんだかんだ言ってもこのパーティで一番場数を踏んでいるのは彼女である。ヒイロはここはリリィに従う方がいいと判断した。

リリィはヒイロから了承を得て満面の笑みで頷くと、おもむろにスレイン達へと向き直った。

「スレイン、スティア」

リリィが呼びかけると、意気揚々と前を歩いていたスレイン達は立ち止まって振り向く。

「何だい？　リリィ姉ちゃん」

「危ないわよ」

「――何が？」

緊張感の無い言葉足らずなリリィの警告に、スレインとスティアは同時に首を傾げる。

そのあまりにも呑気なやり取りに、ヒイロとニーアはハラハラしながらリリィとスレイン達を交互に見やるが、そんなヒイロ達の心情を知ってか知らずか、リリィの態度は変わることがなかった。

「だから、危ないの」

危険警告を満面の笑みで発するリリィの姿に、スレイン達の傾げた首は徐々に角度を増していく。

「だから、何が――」

ドッゴォォォォォォ‼

二度目の警告でさすがにスレインが苛立ちを見せ始めた瞬間、爆音とともに彼等の足元の土が空に向かって噴き上げられた。

その勢いは凄まじく、土砂は地上四、五メートル程まで舞い上がる。

「だぁぁあ！　何だこりゃぁぁぁぁぁぁ！　――いでっ！」

「ヒィィイ！　何が起きたのぉぉぉぉぉ！　――痛ぅぅう！」

スレインとスティアは、土砂とともに空に吹き飛ばされ、そして地面に叩きつけられた。

そんな二人の様子を、リリィが天罰だと言わんばかりに邪悪な笑みを浮かべながら見つめる。

「ヒイロ様に対し、バカにするような態度を取るからそんな目に遭うのです」

溜飲が少し下がったリリィの隣で、ヒイロは何が起きたのかと目をまん丸に見開く。

「一体、何が……」

ヒイロはスレイン達の無事な姿を確認した後、まだ土煙が上がっている爆心地へと目を向ける。

（ん？　……何かいます。あれが地中から出て来た魔物ですね）

土煙の中で動く影を見つけ、ヒイロは慌てて拳を握り構える。そして、土煙からその姿を現した魔物を見て、目を見開いた。

「……あれは……モグラですか？」

ヒイロが疑問形で呟いたのももっともである。

彼の記憶の中にあるモグラは、サツマイモのような形の胴体に申し訳程度の手足が付いた姿だ。しかし今、土煙の中からのっしのっしと歩いて出て来たのは、安定感のありそうなぶっとい二本の短い足と、死神の鎌を連想させる三本の長い爪をその両手の先に持つ生き物だった。胴体と顔だけはモグラっぽいが、体高は二メートルを超している。

「ディザスターモウルです」

妙に存在感がありながら、どことなく愛嬌のある姿をしたモグラのような魔物を見てビックリしているヒイロに対し、リリィは冷静にその名を口にする。

「ディザスター……災害ですか。随分と大層な名前が付いてますねぇ」

「あれが現れると、畑に甚大な被害が出るということでそう名付けられたそうです」

「はは、なるほど。小さくてもそれなりの被害を出すモグラがあれだけデカければ、そりゃあ被害は大きくなるでしょうね」

「はい。ランクはCなのでそれ程強くはないのですが、地中に逃げられると追うのは難しいので、倒すなら迅速性が求められます。ちなみに、害魔物指定されてますので、倒すと国から懸賞金が出ますよ」

「ほほう。臨時収入が貰えるのですか。では、早速……」

「お待ちください。折角なので、スレイン達のピンチ演出は、アレにやってもらいましょう」

和やかにそう提案するリリィに、「え？」と声を揃えながらヒイロとニーアは振り返る。

「ランクCなんですよね」

「はい♪」

「Fランクのスレインさん達でなんとかなるんですか？」

「ならないと思います。ですから、ピンチの演出にもってこいなんじゃないですか」

「…………」

「ねぇ、リリィって、絶対あの子達を甘やかしてないよね」

楽しそうに言い切ったリリィをジト目で見ながら、ニーアがヒイロの耳元で囁く。

ヒイロは、スレイン達を甘やかしていたのはレッグスとバリィだけだったのだと悟り、ニーアに対して「そのようですね」と答えながら、乾いた笑みを浮かべた。

それは、スレイン達への哀れみから出た表情だったのだが、その感情を向けられた当の本人達は、ヒイロの心配をよそに立ち上がってディザスターモウルを睨みつける。

「くっそ！　ふざけやがって」

「むっきぃ。ムカつく」

既に土煙から完全に姿を現したディザスターモウルに、スレインとスティアは怒りを露わにして武器を向けた。

「ちょっ……敵の強さも分からないのに、感情に任せて突っかかっていく気ですか⁉」

スレインとスティアの考え無しの行動に、さすがのヒイロも心配よりも先に呆れ返ってしまった。

「まったく、怖いもの知らずって、存在自体が怖いね」

パーティにそんな者が交じったら、避けられる戦いも避けられなくなる。それを感じ取ったニーアが、小馬鹿にしたように呟く。

「フフッ、どうやって二人をディザスターモウルにぶつけようかと考えを巡らせていましたが、その必要はなかったようですね」

　スレイン達を窮地に立たせているのに何故か楽しげなリリィを横目に、ヒイロは小さくため息をつく。

「ん？　どうかしましたかヒイロ様」

　リリィの度が過ぎるスパルタぶりを見て、段々とスレインとスティアが哀れになってきたヒイロに、リリィは何か問題でも？　と言わんばかりに小首を傾げる。

「……いえ、何でもないです。とりあえず目的通りに進行してるようですし、後は、スレインさんとスティアさんが怪我をしないよう、慎重に見守りましょう」

「いえいえ、ヒイロ様。多少の傷は負ってもらわないと、あの二人はまた、自分達が強いから無傷だったんだと勘違いしますよ」

　ついさっき、弟、妹のような存在だと言った二人に対し、とんでも無いことを言うリリィ。そんな彼女を、ヒイロとニーアは目を見開いてマジマジと見つめた。

　リリィの黒い策に踊らされているスレインとスティアは、敵に躊躇無く仕掛けていく。

　まずはスレインがロングソードを振り上げて斬りかかろうとしたが、ディザスターモウルが犬のチンチンのようなポーズを取ったことで、そのロングソードを振り下ろすことができなかった。

　ディザスターモウルの長く太い爪は、身体の前面で下に垂らした状態にされると身体の前面をほとんど覆い隠す天然の鎧と化し、斬りつける隙間が無くなってしまうのだ。

「ちぃ！　隙が無い。だったら、これでどうだ！」

スレインは爪の間に切っ先を突き入れようとロングソードを一旦引いたのだが、ディザスターモウルはその隙を見逃さず、ダランと下げていた手首を水平に返した。

曲げていた手首を水平にする。たったそれだけの動作で長い爪は振り上げられ、爪先がスレインの眼前に突きつけられた。

「うっ！」

突然眼前に現れた死を連想させる鋭い爪先に驚き、スレインは背後に仰け反りながら仰向けに倒れる。その無様な回避が功を奏し、そこから腕を伸ばして突き入れられたディザスターモウルの爪が頭を掠めはしたものの、スレインは間一髪でかわすことができた。

「……あっぶねぇ……ってやばっ！」

「馬鹿！　何やってるの。ファイアアロー！」

倒れて冷や汗を流すスレインに、追い打ちとばかりに爪を突き入れようとしていたディザスターモウル。しかしその背後に回っていたスティアが、無防備な背中目掛けてファイアアローを放つ。

炎で形取られた矢が三本、ディザスターモウルに爆音とともに着弾するが、それで効果があったのは、スレインから自分へと注意を向けさせたことぐらいだった。

ディザスターモウルのずんぐりむっくりとした身体は、表面の分厚い毛皮と、更にその内にあるもっと分厚い脂肪に包まれている。その為、スティアレベルが放つファイアアロー程度ではさしたるダメージを与えられなかったのである。

「えっ……嘘……」

無防備な背中に自分の持つ最大の攻撃力を誇るファイアアローを打ち込んだのにもかかわらず、大した傷も負わせられていないことに気付いたスティアが、目に見えて動揺する。

「くそっ！　こいつ強いぞ！　もしかしてAランクの魔物じゃないのか？」

スティアが気をそらしてくれたお陰で、ディザスターモウルの間合いから転がって逃れられたスレインは、起き上がりながらやっとディザスターモウルを強敵と認識したようだ。

「自分達の力が通じないとAランクですか。本当にあの子達はどうしようもないですね」

スレインのあまりにも井の中の蛙な発言を少し離れた場所で聞いていたリリィは、不快そうに顔を歪める。そんな彼女に、ニーアが苦笑いで近付いた。

「本当に容赦無いねリリィ。あの子達は家族みたいな存在なんでしょ？」

「ニーアさん。家族だからこそ、その傲慢さが許せないのですよ」

「でも、ヒイロを小馬鹿にしてたのに、倒せると思っていた魔物に苦戦して、結局はヒイロに助けられることになるって……あの二人、レッグス達と全く同じ展開を歩んでるよね。さすが、兄妹！」

「……あの時のことは言わないでください……」

　バツが悪そうに縮こまるリリィに、先程のスレイン達の攻防を見ていて不安になったヒイロが話しかける。

「リリィさん。今までのスレインさん達の戦いぶりを見る限り、一度でも攻撃を受けたら、多少の怪我ではすまないような気がするんですが？」

「そうですね。でも、死ななければヒイロ様のパーフェクトヒールでどうとでもなりますよね」

「……本当に容赦無いですね」

　ヒイロ達がリリィの教育方針に戦々恐々としている間にも、スレインとスティアの戦いは続いていた。

　確かに攻撃力と防御力は凄いが、地上での機動力は皆無だと踏んだスレイン達は、ディザスターモウルと間合いを取って合流。一旦、作戦会議に入った。

「どうするのスレイン」

「どうするって……俺達じゃ、倒すどころかダメージを与えることもできないし……」

「私の魔法じゃ無理だったけど、スレインの剣が当たったら斬れるんじゃないの？」

　スティアの提案に、スレインがギョッと目を見開く。

「バッ……カ、お前！　スティアのファイアアローで焦げ目くらいしかついてないのに、俺の剣で攻撃してもたかが知れてるだろ」

実際はもう、ディザスターモウルの間合いに入りたくないスレインは、慌ててもっともらしいことを言ってスティアの意見を否定にする。スレインに馬鹿呼ばわりされたスティアは、『むぅ』と頬を膨らませた。

「何よ馬鹿って……そうだ！　だったら、リリィ姉さんに助けてもらお」

「そうだな、それがいい。お～い、リリィ姉ちゃん！」

打つ手が無くなった二人は、リリィの魔法ならディザスターモウルの間合いに入らずに簡単に倒せるだろうと、彼女に向かって手を振る。自分を呼ぶ二人にリリィは、もう降参なのかと嘆息しながら答えた。

「何ですか、スレイン」

「あいつ、リリィ姉ちゃんの魔法で殺っちゃって！」

「はぁ～？　大した努力の跡も見られないのに、もう降参するんですか？　一応言っておきますが、その魔物はディザスターモウル、たかだかランクCの魔物ですよ。Aランクの私達に同行したいなんて言っていた貴方達が、ランクCごとき相手に私の助けを求めるのですか？」

「「えっ！　ランクCぃ～？」」

自分達が手も足も出ない魔物がランクCだと知って、スレインとスティアは声を揃えて信じられないと互いの顔を見合わせた。

ディザスターモウルはその間に、自分から長く目を離しているスレイン達を隙だらけの獲物だと認識する。そしておもむろに万歳すると、横に倒れそのままスレイン達目掛けて物凄い勢いで転がりだした。

その音を聞いてスレイン達が振り向くと、自分達に向かって転がってくる樽のような物体が目に映り、ギョッと恐怖に目を見開いた。

傍から見れば滑稽で面白く映るが、向かってこられた当のスレイン達からすれば、たまったものではない。

「何だ、その移動手段はぁぁぁ！」

「ありえないぃぃぃ！」

地響きとともに物凄いスピードで迫って来るロードローラーのような存在を前にして、すかさず逃げの一手を打つスレインとスティア。

「うわー……結構速いね。あれ」

「……まるで、コントですねぇ」

「まったく、スマートじゃありませんわ」

必死に逃げる二人に、ヒイロ達は安全な蚊帳の外で、若干呆れ気味に三者三様の呟きを漏らす。

逃げ回っていたスレインとスティアだったが、執拗に追いかけ回すディザスターモウルに遂に追い付かれ、うつ伏せの形で地面に押し付けられるようにして潰された。

「あ……轢かれた」

そのコミカルな光景につられ、ニーアは大したことにはなっていないだろうと軽い口調で言ったのだが、実際は軽くすまされる話ではない。高さ二メートルを超す大質量の物体に押し潰されたのだ、骨折は勿論、内臓破裂すらありえる状況である。事実、スレインとスティアはダメージで動けずにいた。

ディザスターモウルは、スレイン達を押し潰してしばらく転がってからピタリと止まり、モタモタと時間をかけて立ち上がると、二人に向かってゆっくり近付き始めた。

「スレインさん達潰されたまま動きませんけど、あれってまずくないですか？」

いつまでも立とうとしない二人に、さすがに不安になったヒイロがリリィに振り向くが、彼女はヒイロに向かって自信たっぷりに笑ってみせた。

「まだまだ、大丈夫でしょう」

その、根拠の無い答えにヒイロは安心できず、ソワソワしながら視線をスティア達へと戻す。

ディザスターモウルはその時には既に、スレイン達を攻撃範囲に捉えていた。そして、おもむろに腕を振り上げると、掬い上げるように地面を抉りながらスレインとスティアを鋭い爪で斬りつける。

ディザスターモウルによって掬い上げられる土砂とともに、スレインとスティアは血飛沫を上げて宙に舞う。

それを見た瞬間、ヒイロは考えるよりも先に身体が動いていた。

「10パーセント！」

レベル×100の数値を能力値に加算するスキル【超越者】の出力を10パーセントに引き上げたヒイロは、スレインとスティアの下へと駆け出す。

「もうちょっと追い込みたかったのですが……これ以上、お優しいヒイロ様に黙って見ていただくのは、さすがに酷な話ですよね」

「……ほんと、リリィって容赦無いよね」

見ていられなくて動きだしたヒイロを、リリィは嬉しそうに見つめる。ニーアはそんな彼女を酷評しながら、それでもヒイロが動きだしたことで二人を心配する必要がなくなったので、のんびりとその後に続いた。

「パーフェクト……」

ある程度近付くと、ヒイロは走りながらパーフェクトヒールの前半部分を、スレイン達に聞こえないように小声で口にする。そして、二人の側に到達すると同時に「ヒール！」と唱えて呪文を完成させた。

スレインとスティアの身体が輝き始め、パーフェクトとヒールの間を少し開けても問題無く効果が発揮されたことを確認して、ヒイロは満足気に頷く。

（魔法の名称の間を開けても、魔法は発動しますか……これで、かけたのはヒールだと思わせることができますね）

傷が回復してのそのそと動き始めるスレインとスティアの姿に安堵したヒイロは、ディザスターモウルを睨みつけた。

「さて、さっさと片付けてしまいますか」

拳を握りながら軽口を叩くヒイロに、なんとか立ち上がったスレインとスティアが驚いて勢いよくそちらに顔を向ける。

「何考えてんだおっさん！　俺達が手も足も出なかったのに、Gランクのあんたがどうこうできる訳がないじゃないか！」

「リリィ姉さん、この人を止めて！　どうかしちゃってるわ！」

スレインがヒイロを止めようとし、スティアがリリィに制止するように促すが、勿論、リリィもヒイロも、そしてニーアもその声に耳を貸すことは無い。

やる気満々のヒイロと、それに手を貸す気配も無く、ただ笑顔で見守っているリリィとニーアの態度が信じられず、スレインとスティアがアワアワとしてる間に遂にヒイロが動く。

「では、行きますよ！」

スレインとスティアの制止を振り切って駆け出すヒイロ。

ディザスターモウルはヒイロの接近を察知して、両手をダランと下げる防御態勢を取った。しかしヒイロは、鋭い刃となっている爪の内側ではなく、丸みを帯びた外側なら殴っても問題無いだろうと判断すると、走りながら腰を捻り、移動のスピードの乗った拳を躊躇無く叩きつけた。

ヒイロの右ストレートを受け、ディザスターモウルの左手真ん中の爪はあっさりとへし折れる。そしてヒイロの拳は勢いを失うことなくそのまま胴体へとめり込み、ディザスターモウルの身体をくの字に曲げさせ、吹っ飛ばした。

「「えっ！」」

傍から見ていても分かるヒイロのただのパンチの尋常ならざる威力に、スレインとスティアは目を見開いて絶句する。しかし、二人を驚かせた当の本人であるヒイロは、まるでゴムでも殴ったような拳の感触に顔をしかめていた。

「この感触……思った以上に毛皮が頑丈で、筋肉と脂肪も厚いみたいです。もしかして、打撃は効果が薄いのでは？」

彼の疑念は的を射ていたのだが、なにせ、その効果が薄い筈の打撃を与えたのは規格外のステータスを持つヒイロである。仕留めきれなかったものの、ヒイロの拳はディザスターモウルにかなりのダメージを与えていた。

ディザスターモウルは、自分の最大の矛であり盾でもある爪をあっさりとへし折り、更に、今まで受けたことの無いダメージを与えてきたヒイロに恐怖を覚えた。その結果、逃げることを選択して自分の足元を残った爪で掘り始める。

「おっと、逃がしませんよ。チェイスチェーン！」

ヒイロの右手から伸びた光の鎖は一直線に伸びて行き、既に頭から肩辺りまで地面に潜っていたディザスターモウルの腰に絡み付く。

「それ！　出てきなさい」

ヒイロが気合を込めて鎖を引くと、ディザスターモウルの身体は地中から引きずり出され、勢い余って宙に舞った。

「打撃が効き辛いのなら、斬撃で対応させていただきます。エアブレード！」

突然宙に放り出され、小さな瞳を目一杯見開いて驚くディザスターモウルに、ヒイロの放った風の刃が迫る――これで勝敗は決した。

「嘘だろ……」

「ありえ……ない」

終始相手を圧倒し続けた、ヒイロの一分にも満たない戦いを呆然と見ていたスレインとスティア。二人は胴体を真っ二つにされたディザスターモウルの姿を目撃することで、やっと絞り出すように言葉を発する。

「こんなに強かったのかよ、ヒイロのおじ……ヒイロさん」

思ったままに感想を述べようとしたスレインだったが、側に来たリリィに目だけは笑っていない笑顔を向けられ慌てておじさんという言葉を呑み込み、ヒイロさんと言い直す。

「少しばかり魔法を使うって言ってたけど、これのどこが少しばかりなのよ！　エアブレードにここまでの斬れ味はない筈よ」

「そうなんですか⁉」

ディザスターモウルをマジックバッグに仕舞い、スレイン達の下へと戻って来たヒイロにスティアが詰め寄る。しかし、スティアのその言葉にヒイロは驚いた。

ヒイロにしてみれば、エアブレードは使い始めた当初から斬れない物は無い程の斬れ味であり、この魔法はこういうものだと思っていたからである。

「魔法の威力は魔力で決まります。ヒイロ様の規格外の魔力を以てすれば、初歩魔法を必殺の域まで高めることも造作無いのです」

その理由が理解できていない為に驚きながら小首を傾げているヒイロに代わり、リリィが誇らしげに解説し始める。魔道士であるスティアは、目を輝かせながらリリィの言葉に聞き入った。

「さて――」

一通りヒイロの凄さを得々と語ったところで、リリィは本題に入ることにする。

「ヒイロ様が助けに入らなければ、貴方達は間違い無く死んでいました。これで、貴方達がいかに未熟か身を以て知りましたね」

リリィのキツい口調に、スレインとスティアは反論できずに身を縮めて頷く。

「これに懲りたら、私達について行けるなどという慢心は捨て、地道に強くなりなさい」

リリィの言葉に素直に頷こうとしたスレインとスティアだったが、すんでのところで、スティアがいいことを思い付いて目を輝かせながら顔を上げる。

「そうだ！　だったら、ランク的に近いヒイロさんとパーティを組めばいいんだ！」

「そうだよ！　ついでにヒイロさんに師事すれば、レッグスにぃに追い付くのもそう遠くないかもしれないな」

「あっ、それいい考え！　ヒイロさんをお師匠にすれば、私もリリィ姉さんに追いつけるかも」

「ちょっ……私は弟子を取れるような身分じゃ……」

「ちょっと貴方達！」

和気藹々と語り合うスレインとスティアに、手で顔を覆いながら人に教えることなどできないとかぶりを振ったヒイロの言葉を、リリィの怒声が遮った。

「ヒイロ様に師事するなど、そんな羨ましい……もとい、ヒイロ様に迷惑なこと、私は許しませんよ！」

「え〜、何でリリィ姉ちゃんに反対されなきゃいけないんだよ」

「そうだ、そうだ！　これは、私達とヒイロさんの問題じゃないか」

言い争いを始めたリリィとスレイン達を呆れたように見ながら、ニーアが手で顔を覆ったまま固まってしまったヒイロの肩に座る。

「なんか、本音が出てたね、リリィ。ヒイロの弟子になるのが羨ましいってさ」

「まったく……私は魔力が高いだけで、魔法技術は圧倒的にリリィさんの方が高いのですから、教えることなんて無いのに」

「ヒイロの強さはナチュラルだからねぇ」

「ホントです。とんでもない力や魔力を教えるなんてできる訳がありませんよ」

言い争い続ける三人を見ながら、ヒイロは疲れ切ったように首を左右に振ってため息をついた。

第5話　バーラットの家

「これがバーラットの……家？　ですか？」

街に戻ったヒイロは、リリィ達に案内してもらったバーラットの家を前に、思わず言葉を零していた。

コーリの街の南部に位置している、貴族や豪商専用の豪邸が立ち並んだ、別荘街。バーラットの家はその一角にあった。

それは、他の豪邸と比べると若干こぢんまりとしているものの、それでも部屋数は十を超え庭も広く、家ではなく屋敷と呼んで差し支えのない立派なものであった。

ヒイロは家と聞いていたので、元の世界の一般的な一軒家をレンガや石で作ったような建物を想像していた。その為まさかこんな立派な屋敷に案内されるとは思っておらず、ただただ、開いた口を開きっぱなしにしながら屋敷を眺めていた。

「これって、家じゃなくて屋敷ですよね。ここにバーラットは住んでるんですか？　何かの間違いでは？　バーラットがこんな立派な屋敷に住むなんて、想像できないんですが……」

「ホントだよね。バーラットなら、洞窟に住んでた方がシックリくるよ」

「フフッ、間違いありませんわ。ＳＳランク冒険者、バーラットさんの屋敷は、コーリの街を拠点とする冒険者なら誰でも知っていますから」

ちょっと……いや、かなり失礼なことを言うヒイロとその懐に納まるニーアに、リリィは小さく笑いながら肯定する。

「はぁ～、これなら宿を取る必要は無いって言う筈だよ。部屋ならいくらでも余ってそうだもん」

　ニーアの言葉にヒイロは無言でコクコクと頷く。

「なんでも、首都にいる落ちぶれた貴族の別荘を、随分な安値で買い叩いたみたいですよ、お師匠様」

「落ちぶれてるとはいえ、貴族相手に値切りまくったってことで、バーラットさんの武勇伝の一つになってるよ。コーリの冒険者なら誰でも知ってるぜ、師匠」

　ヒイロ達の後ろにいたスティアとスレインが得意げに語る。実に興味深い情報であったが、自分を師匠と呼ぶ二人のせいで、ヒイロの屋敷に対する新鮮な驚きは、急激に冷めていった。

「……私は貴方がたの師になった覚えはありませんよ。大体、私は人にモノを教えられるような大層な者ではないのです」

「またまたぁ、そんなこと言って」

「確かにお師匠様の力がスキルによるものなら、それを教わることはできませんけど。それでも一緒に冒険することができれば、結果的に私達も強くなれますから、問題はありません」

　完璧に楽天的なスレインと、冷静に状況を分析してるようで他人任せが見え隠れしているスティア。

二人の性格が見えてきたヒイロは、本当に面倒な人達に目を付けられてしまったと、内心頭を抱える。そしてヒイロを困らせることをよしとしない者がこの場にはいた。

「貴方達、いい加減にしなさい！　ヒイロ様を困らせるのではありません」

リリィはスレインとスティアの背後に忍び寄り、その後頭部を鷲掴みにした。

「うっ、リリィ姉ちゃん……」

「リリィ姉さん、痛い痛い！」

魔道士とは思えない力で無理矢理スレインとスティアを自分の方へと振り向かせたリリィは、見る者の背筋を凍らせる笑みで二人を強制的に黙らせる。

「私達も当分はコーリに滞在するつもりです。ですからその間、貴方達は私達がみっちり鍛えてあげます」

身の程を知った今なら同行も問題無いと、リリィは二人の反論をその笑みで封じながら宣言した。

「ははは……よかったですね。Aランクのリリィさん達の指導が受けられて。では、バーラットに御厄介になりに行きましょう」

これから暗い未来が訪れるであろう二人に心の中で冥福を祈りつつ、それでも自分に付きまとわれることを回避できホッとして、ヒイロは屋敷の門をくぐり玄関へと歩を進める。

蔓植物の彫刻が施された茶褐色の重厚なドアのノッカーを叩き、待つこと二十秒程。

ドアを開けてヒイロ達を出迎えたのはバリィだった。

「おっ、お帰りなさい。首尾は……上々のようっすね」

バリィはリリィに絞られて項垂れているスレインとスティアの姿を見て満足気に頷き、ヒイロ達を屋敷の中へと招き入れた。

「バリィさんがいるということは、レッグスさんも？」

屋敷の外観に似合った長く幅のある廊下を進みながら、ヒイロが前を歩くバリィに尋ねると、バリィは振り返りながらコクリと頷く。

「いるっすよ。ギルドへの報告が終わって街を歩いていたら、偶然バーラットさんと会いまして、そのままヒイロさんの帰りを待たないかと誘われたんす」

「……飲む相手が欲しかっただけでしょう」

ほんのりと赤いバリィの顔を見て、ヒイロはもうやってるなと確信する。それが正解であることを示すように、バリィは照れ笑いを浮かべた。

「ははは、一人飲みはつまらないんだそうです。けど、ハッキリ言って俺達じゃあ、バーラットさんのペースにはついていけないっすね。っと、ここっす」

バリィは話に夢中になって通り過ぎようとしたドアを慌てて示し、そのドアを開けた。

そこは二十畳程の大きな部屋で、外に面した壁は一面が窓になっている。手前には、三人掛けの柔らかそうなソファがテーブルを囲むようにコの字に並べられていた。

そして、そこに座っていたバーラットが、ヒイロ達を見つけて上機嫌で手を上げる。その向かいではレッグスが既に顔を真っ赤にしていた。

「おう、ヒイロ。早かったな」

「この早い時間に、もう出来上がってるんですか？」

時刻は夕暮れ時。しかし、テーブルの上には既に空（から）になった酒瓶が三本転がっている。

「がっはっはっ！　俺の用件もつつがなく済んでな。心の引っ掛かりが一つ取れたから、これはその祝杯（しゅくはい）だ」

「ま〜た、皆を巻き込んで飲みたいからって、適当な理由をつけてるだけでしょ」

ヒイロの懐から飛び出したニーアがテーブルの上に降り立ち、腰に手を当てて呆れたようにバーラットを見上げるが、彼はそんな視線を気にせずに上機嫌でコップを呷（あお）る。

その様子がいつもと違うような気がして、ニーアは「あれ？」と小首を傾げた。

「もしかして、本当にいいことがあったの？　ねぇねぇ、どんないいことがあったのさ。教えてよバーラット」

いつも以上に上機嫌に酒を飲んでいると感じ取ったニーアが、顔の周りを飛び回りながら小うるさく絡むが、バーラットは迷惑そうにもせず、ただ笑っていた。

「そんなことより、お前らもこっちに来て早く飲め」

ニーアの追及（ついきゅう）を軽くあしらいながら、バーラットはまだドアの前に立つヒイロ達にソファに座るように促す。しかし、ヒイロには座って休む前にやりたいことがあった。

「バーラット、私はソファでくつろぐ前に汗を流したいのですが」

「ん～？　お前ら、南の草原に行ってたんだろ？　後ろの若造どもは分かるが、あそこの貧弱な魔物ごときでヒイロやリリィが汗を掻くほど動いたのか？」

「確かに、それ程掻いてはいませんが、それでも戦闘後は汗ぐらい流したいですよ」

ヒイロの言葉にリリィとスティアの女性陣はウンウンと頷いて肯定するが、バーラットを始めとした男性冒険者達は皆、揃って首を捻った。

ヒイロからすれば、一仕事終えて帰ったら風呂で一日の汚れを落とすという元の世界の習慣が、当たり前の感覚として染み付いていた。だが、バーラットやレッグスなど、この世界の男性陣からしてみたら、汗など不快に感じたら拭えばいいだけである。だから、ヒイロの言い分がいまいち理解できなかった。

「う～ん、汗を流したいなら、それは構わんが……洗い場に案内するか？」

共感できないせいで歯切れの悪いバーラットの言葉に、ヒイロは笑顔で頷く。

「じゃあ、行くか」

どうしてもと言うのなら仕方がないといった感じでバーラットは立ち上がり、ヒイロ達を引き連れて廊下へと出た。そして、歩くこと十数歩、一つのドアの前で止まる。

「あれ？　洗い場って外ではないのですか？」

「いや、ここは元貴族の屋敷だからな。洗い場も建物の中に備えてあるんだ」

ヒイロの疑問に、バーラットは簡単に答える。

普通、洗い場といえば裏庭などに井戸を掘り、周りを囲った場所なのだが、それは一般的な庶民用の作りで、貴族や王族などは、自分の居住スペースに洗い場を作る。これは、排水設備を作ると莫大な費用がかかるためだ。魔族の集落の宿などでは当たり前のように屋外の洗い場を使っていたヒイロは、屋敷の中に洗い場があると知って、たいそう驚いた。

「そういう訳で、ここが洗い場だ。好きに使ってくれ」

そう言ってバーラットが扉を開けると、そこには大理石のようなツルツルに磨かれた石で組まれた、三人は入れそうな立派な浴槽があった。

「これは！　まさか風呂ですか！」

この世界にも風呂があると知り、ヒイロはいたく感動するが、バーラットを始め他の面々の反応はとても薄いものだった。

「ああ、風呂だが、それがどうした？」

「何でそんなに淡白な反応なんですか！　風呂ですよ！　井戸から水を汲んで布で身体を拭くなんて真似をしなくていいんですよ！　それ以前に、湯に浸かれるんですよ！」

「あー、それか……まあ、ちょっとこい」

興奮して力説するヒイロを軽くあしらいながら、バーラットは洗い場の中へと招き入れる。

洗い場は入り口付近に二メートル四方程の身体を洗う為のスペースがあり、その奥が浴槽。そして入って左手の方はカーテンで仕切られていた。

「まずはこれを見てくれ」

そう言ってバーラットはカーテンを開ける。その先にあったものを見て、ヒイロは目を見開いた。

「……これは、井戸と焚き口……ですか？」

カーテンの先は一段低くなっており、そこには井戸と浴槽の水を沸かす為の焚き口があったのだ。

「ああ、その通りだ。分からんか？　風呂に入るには井戸から水を汲み、あのでっかい浴槽に水を入れねえといけねぇんだよ」

「……その口振りからすると、もしかして一回も風呂を沸かしたことは無いんですか？」

恐る恐る聞くヒイロに、バーラットは仰々しく頷いて見せる。

「当たり前だろ。そんな作業、半日はかかる大仕事だ。王族や貴族はそれ専用の使用人を雇って風呂を沸かすらしいが、そこまでやってまで風呂に入りたいとは思わん」

「では、まさか……」

戦慄を覚えたヒイロに、無情にもバーラットは再び頷いてみせる。

「そこの井戸から水を汲み、それで身体を拭く。それがこの洗い場の使い方だ」

「そんな、馬鹿な——‼」

折角風呂があるのにそれを使わないというバーラットの絶望的な回答に、ヒイロはその場で膝から崩れ落ちる。

「なんて勿体無い！」

「いやいや、勿体無いも何も、労力を考えればそれが一番現実的な使い方だろ。大変な思いをして風呂を沸かす方が、時間が勿体無い」

「浴槽に水を入れるなんて、こうすればいいじゃないですか！」

ヒイロは素早く浴槽に栓をすると、手の平を浴槽の中にかざした。そして、何をする気だとバーラット達が見守る中、大声で叫ぶ。

「ウォーターー！」

ヒイロの気合に応えるかのように、その手の平から勢いよく噴き出した水が、浴槽をみるみる満たしていく。

それを見て、バーラットは合点がいったようにポンッと拳の腹で手の平を叩いた。

「なるほど、その手があったか」

「その手があったか、じゃありませんよバーラットさん！　あんなに大量の水を生み出していては、さすがのヒイロ様でもMPが枯渇してしまいます！　早く止めてください！」

「そうだよ！　いくらお師匠様だって、あんな浴槽を水で一杯にしたら力尽きて倒れちゃうよ！」

魔法の知識に長けたリリィとスティアが詰め寄るも、バーラットはそんな心配は無用だと内心肩を竦める。

この二人は知らないが、バーラットは知っていたのだ。時空間魔法という、常人では到底生み出せないような魔法も容易く生み出す程のとんでもない魔力を、ヒイロが持っていることを。

だから、バーラットは余裕を持って二人に言う。

「お前ら、まだヒイロのことを分かってねぇな。ヒイロの底力はこんな程度でどうこうなる程、チンケなモノじゃねぇよ」

「「えっ！」」

バーラットの発言に驚いて二人が視線を移すと、その先ではヒイロが鼻歌交じりで浴槽に水を入れ終えようとしていた。

「ところでヒイロ」

唖然とするリリィとスティアを無視して、バーラットは浴槽を水で満たして満足気なヒイロに声をかける。

「何です、バーラット」

「この風呂なんだが、今まで沸かしたことが無いと言ったよな」

「ええ、それは聞いてましたが、それが何か？」

「実はな、風呂を沸かす為の薪が無いんだわ」

「……は？」

「だから、薪が無いんだよ」

間の抜けた声を出すヒイロに、バーラットは頭を掻きながらもう一度言葉を繰り返す。

それでようやくその言葉の意味が浸透したのか、ヒイロは絶望的な表情を見せた。

「薪が……無い……どうしてストックしとかないんですか！」

我に返り詰め寄ってくるヒイロを、バーラットが両手で押し留める。

「薪なんて、寒い時期に暖炉に焚べるくらいしか使い道が無いんでな。今の時期は置いてないんだよ」

「なっ！　……調理場は？　料理をする時に竈を使うでしょう」

「調理場には最新式の魔道具を入れている。煮たり焼いたりはそれで事足りるんだよ」

「……………それができるのなら、風呂焚き用の魔道具も作ればいいのに……」

呻くヒイロに、ほほぉ、とバーラットが感心する。

「なるほど、それは盲点だったな。しかし、風呂は上流階級しか持ってないから、需要が少ないんじゃねえのか？」

「むむっ！　確かにその通りです。あまり売れないのでは作る意味がありませんか……仕方ありません。それならば、私がどうにかしてみます」

ここまでやって湯に浸かれないのはあまりに悔しいと、ヒイロは浴槽に向き直り思案し始めた。

（う～ん……つまるところ、水を温めればいいのですよね。冷やすことができるのですから、その逆を行けばいいのです！）

そういう考えに至り、ヒイロはイメージを思い浮かべ出す。

（要するに爆熱です。鉄をも溶かす熱を生み出せばいいのです！）

本来なら、コールドの対極に位置する魔法に、ヒートという触れた物を温めるものがある。

しかしヒイロは、エンペラーレイクサーペントを倒した時の自分をイメージしてしまった。あの時は【一撃必殺】で倒したのだが、当時イメージしていた姿、つまりは高熱に燃える拳をヒイロは思い描いた。

それ故、【全魔法創造】はコールドの時とは違い、ヒートのようでいて用途が全く違う強力な魔法を生み出してしまう。

〈【全魔法創造】により、焼握魔法、ホールドバーンを創造します――創造完了しました〉

「…………え？」

ヒートのようなお手軽な魔法を得られると思っていたヒイロは、頭の中に響いた物騒(ぶっそう)な魔法の名前を聞いて、ポカンと口を開ける。

「どうかしましたか？　ヒイロ様」

どうにかすると言ったヒイロが何をするのか興味津々に見ていたリリィが、突然呆(ほう)けたようになった彼を心配して声をかけた。

「いえ……何でもありません。ちょっと、想定外の事態に混乱しただけです。しかし、目(め)処(ど)は立った……と思いますので、とりあえず試(ため)してみますね」

我に返ったヒイロは右腕の袖口(そでぐち)を捲し上げると、肘(ひじ)の辺りまで浴槽に突っ込んだ。

コールドの経験から温めるのは手の平で、更に温められた水は上に上がるから水の底から温めた方が効率的だろうという算段だったが、今回はそれが裏目(うらめ)に出てしまう。

「では、やってみます。ホールドバーン」

その物騒な名前の為に、程々に力を抑えるイメージで魔法を発動したヒイロ。

ヒートだったならば、徐々に水温が上がり、三十分くらいで浴槽の水は四十度程になっただろう。しかし、ヒイロのホールドバーンが生み出す熱量は、抑えていてもヒートの比ではなかった。

まずは発動と同時にジュッという軽く水が蒸発する音が聞こえ、浴槽の水はすぐに湯気を放ち始める。そして間を置かず、ボコボコと水底から泡が立ってきた。

「え？　……熱⁉」

それらの現象が意味することを理解する前に、とんでもない熱さが襲ってきて、ヒイロは慌てて腕を引き上げた。

ヒイロが引き上げた自分の腕を見ると、魔法が発動したと思われる手首から先は何ともなっていなかったが、手首から肘までは真っ赤になっていた。

「大変！　ヒール」

ヒイロの火傷した腕を見て、リリィが慌ててヒールをかける。

「おい、ヒイロ。お前、何をやった？　浴槽の中が完全に沸騰してるぞ」

「いやー、水を温める魔法を使ったのですが、思った以上に熱量が大きかったようです。加減はしたのですが、もっと抑えないといけませんでしたね」

ヒイロが手を引き上げても凄い熱気を放っている浴槽を見て呆れるバーラットに、ヒイロはリリィの治療を受けながら申し訳なさそうに答えた。

ヒイロは気軽にそう言うが、実際、危ないところだった。もし加減せずに全力でホールドバーンを発動していれば、水蒸気爆発を起こして、この部屋はひどい有様になっていただろう。

「水を温める？　それも加減してこの有様だと？　こいつはそんな生易しい熱量じゃねぇだろ。本当にそんな目的の魔法なのか？　これは攻撃魔法じゃねぇだろうな」

現状からそう推測したバーラットに詰め寄られ、ヒイロはハッとなる。

確かにホールドバーンのイメージの原型は、敵を攻撃する手段そのものだった。

（物騒な魔法を作ってしまいました……いけませんね。魔法を創造する時は、もう少し考えて自重しながらイメージしないと……）

ヒイロは反省しながら、コールドとウォーターを併用して、必死に沸騰したお湯を冷ました。


「ふぅ……いいお湯でした」

「お湯に浸かるのがあんなに気持ちいいものだなんて、思わなかった」

風呂から上がったヒイロとスレインは、部屋へと戻りホッコリしながらソファに腰を下ろす。

最初は一番風呂を女性陣に譲ろうとしたヒイロだったが、お風呂を沸かしたのはヒイロの功績ということもあって、主にリリィの主張でヒイロが最初に風呂を使うことになっていた。スレインはそのおこぼれにあずかったかたちだ。

「ほう……そんなにいいもんなのか」

緩みきった顔でソファにもたれ掛かっているスレインの様子に、初めはあまり入浴に乗り気でなかったバーラットやレッグスが興味を示す。

「ええ、なんか一日の疲れが取れるというか、リラックスできるというか……とにかく気持ちよかったです」

スレインの感想を聞いたバーラットの腰が少し浮いた。しかし、それを見たヒイロが即座に制止の声を発する。

「バーラット。そんなに酔った状態で風呂に入るものではありません。入るなら明日の朝にした方がいいです」

「むっ、そうなのか？」

浮かせかけた腰を止めたバーラットに、ヒイロは静かに頷く。

「ええ、酔って入ると、そのまま寝てしまう可能性がありますので。下手をすると溺れることになりますよ」

「そうなのか……じゃあ、風呂は明日にするか」

家主であるバーラットが残念そうに浮かせた腰を下ろしたことで、リリィとスティア、それにニーアが立ち上がる。

「それでは、私達が入らせていただきますね」

バーラットに断りを入れて、風呂に向かう為にドアノブに手をかけようとしたリリィだったが、その瞬間、勝手にドアが開いた。

今この屋敷にいる人達は全員、この部屋に集まっている。もしや侵入者かと、リリィが咄嗟(とっさ)にバックステップを踏んで距離を取りながら身構えると、そこにいたのは――

「あら、今日はお客さんがいっぱいなのね」

食材を入れた麻製の買い物袋を抱えた、冒険者ギルドの副ギルドマスターであるアメリアだった。

「えっ！　アメリアさん⁉」

「リリィさん、いらっしゃい」

「いらっしゃいって……え？　え？」

笑顔で挨拶してくるアメリアが何故ここに現れるのか、意味が分からずリリィはバーラットとアメリアを何度も見返す。

リリィが感じた困惑は、バーラットを除く他の面々も同様だったらしく、皆、驚きの表情でバーラットとアメリアを交互に見ていた。

そんな中、皆の奇異の視線を受けながら表面上は平静を保っているバーラットが、アメリアに向かって口を開く。

「アメリア、ヒイロが風呂を入れてくれたんだ。リリィ達と一緒に入ってきたらどうだ」

「えっ！　あの大きな浴槽に水を張ったの！　ヒイロさんが？」

「ああ、ウォーターの魔法であっという間にな」

驚くアメリアに、バーラットは静かに答える。

「あの浴槽を一杯にするくらいの水を生み出したの？　いくらヒイロさんでも、そんな無茶……」

そこまで言ったアメリアは思い出してハッとする。ヒイロのステータスに載っていたとんでもないＭＰの量を。

「ま……まあ、できたものはできたのよね」

あれは水晶球の誤作動だったのでは、と心のどこかで思っていたアメリア。しかしやはり間違っていなかったのだと気付き、適当に言い繕うと買い物袋を置いて、何か言いたげなリリィ達を促して逃げるように風呂に向かった。

「……さて」

女性陣が風呂に行き男だけになると、ヒイロ達の視線がバーラットに集中する。

「何故アメリアさんがここに来たのか、ご説明願えますか、バーラット？　食材を買ってきたということは、ここで夕食を作るつもりだったようですが……」

口調はいたって真面目でも、その言葉が発せられる口元が異様にニヤケてしまっているヒイロ。

冒険者ギルドでニーアに冷やかすなと忠告したヒイロだったが、一緒に住んでいるという既成事実があるのなら話は別と、バーラットにとことん突っ込む姿勢を見せる。

しかし、バーラットはそんなヒイロの邪推に、平然と真っ向から立ち向かう。

「昼にも言ったが、俺とアメリアはそんな関係じゃねぇよ。ただ、こんだけデカイ家、俺一人じゃ持て余すから、家の管理を任せる条件でアメリアに部屋を貸してるだけだ」

「ほほう、無料で部屋を……つまり同棲ですね」

「だ、か、ら、違うって言ってるだろ！　俺は遠征で家を空けることも多いから、家が傷まねぇように住んでもらってるんだよ」

「俺、知らなかったっす。隠れファンが多いアメリア副ギルマスが、バーラットさんと同棲してたなんて……」

実は自分もそのファンの一人だったバリィが、そう呟いて一気にコップの酒を呷る。そんな彼の肩に、レッグスが優しく手を置いて慰めた。

それを見て、バーラットは手で顔を覆う。

「バリィ、俺の話を聞いていたか？　こんな田舎の宿よりデカイ屋敷で同棲も何もないだろ」

「でも、食材を買ってきたということは、料理はアメリアさんが作ってるんですよね」

バリィの肩に手を置いたまま振り向いたレッグスの言葉に、バリィが「毎日アメリアさんの手料理……いいなぁ」と反応して、バーラットは頬をヒクつかせる。

「お前らなぁ……だから、家賃の代わりに家事全般はアメリアの管轄なんだよ。逆に勝手に調理場を使うと、散らかすだけだからやめてくれと、怒られるんだからな！」

「調理場といえば、竃に代わる最新式の魔道具を入れてるんでしたよね。それは、アメリアさんのリクエストだったんですか？」

「ぐっ！　……おいヒイロ、何が言いたい？」

「いやなに、これは時間の問題ではないかと思いまして」

剣呑な雰囲気を全身から滲ませ始めるバーラットに、ヒイロはにこやかに答える。

バーラットのただならぬ雰囲気を察したレッグス達は、これ以上踏み込んだら命が危ないと感じて、顔を引きつらせながら少しずつ二人から距離を取り始めた。

「……ヒイロ。やっぱりお前とは決着をつけないといけないようだな」

「何がやっぱりなのか知りませんが、決着なら魔族の集落でつけたではないですか」

「はん！　あん時お前は、操られて正気じゃなかったじゃねぇか。あんなのは無効だ」

「まったく、とんでもない理屈ですねぇ。で？　どうやって決着をつけるのです？」

「男の勝負と言ったら、拳かコレしかねぇだろ！」

バーラットはそう言うと、傍に置いていたマジックバッグから特別強い酒を出し、ドカッと乱暴にテーブルに置いた。そしてレッグスとバリィの方に視線を向ける。

「当然、お前らも付き合うだろ」

バーラットの矛先が自分達にも向いて、これは逆らってはいけないと、レッグスとバリィはコクコクと無言で頷く。その様子にヒイロは、年若いスレインを巻き込まないくらいの理性はバーラットにも残っていたかと安堵しながらも嘆息した。

二人の同意も得られてバーラットはニヤリと笑う。

バーラットは、面倒臭い話題を振ってくる面々を酔わせて、この話を有耶無耶にしてしまおうと企てていた。しかしその計画は、【超越者】による状態異常無効のお陰で酔わないヒイロという存在によって、失敗に終わった。だが――

「……何、この惨状……」

初めて味わう風呂の魔力に、思いがけない長風呂を堪能して上がってきたアメリアは、ヒイロを残し酔い潰れてテーブルに突っ伏している面々を見て、呆気にとられたように呟く。その後に続いたリリィ、スティア、ニーアの三人も、呆れて物も言えないといった感じだ。

「ははは……皆酔い潰れてしまいました。スレインさんには、危険そうだったんで他の部屋に退避してもらってます」

唯一、平然とソファに座っていたヒイロの取り繕うような説明に、アメリアは大きくため息を漏らした。

「呆れた。まだたいして遅くない時間なのに、もうそんなに飲んだんですか」

アメリア達には呆れられてしまったが、自分自身が酔い潰れたことで、バーラットの目的は辛うじて果たされたのだった。

第6話　冒険者としての過酷なお仕事

「すみません」

〝男性陣酔い潰れて壊滅事件〟の翌日、ヒイロは冒険者ギルドを訪れていた。

本来ならバーラットに街を案内してもらいたかったのだが、彼は二日酔いで使い物にならなくなっていた。そこでニーアのレベリングに付き合うことにしたのだが、その前に昨日倒したディザスターモウルの換金をしてしまおうと考えた為である。

「はい。どのようなご用件でしょうか」

「魔物の換金をお願いしたいのですが」

声をかけられ、にこやかに対応するギルド職員の女性に、ヒイロは簡潔に要件を述べる。

冒険者が狩ってきた魔物の売買は、冒険者ギルドの貴重な収入源の一つである。

冒険者ギルドは、こうして冒険者から引き取った魔物やその素材を商人ギルドに卸すことで、差額分の利益を得ていた。

冒険者が直接商人と交渉しても問題無いのだが、売る相手は商売に関するプロである。冒険者がいかに腕っ節に自信があろうと、それが値段交渉の場で役に立つ訳がなく、足元を見られて安く買い叩かれるのがオチだった。故に、ほとんどの冒険者は冒険者ギルドで魔物の換金を行なっていた。

その例に漏れず魔物の換金を申し出たヒイロに、ギルド職員の女性は笑みを崩さずにカウンター脇のドアを手で指し示す。そこには、一目で冒険者と分かる風貌の男が三人並んでいた。

「魔物の換金ですね。ありがとうございます」

「あの列ですね。では、そちらにお並びください」

カウンターに座るギルド職員に丁寧に礼を言うと、ヒイロは列の最後尾に並ぶ。

「なんか、昨日と違って結構人がいるね」

ヒイロの懐に納まっているニーアが、首だけ出して辺りをキョロキョロと見回す。

今は午前九時頃。朝から依頼に出る冒険者が多い為この時間は混み合わないという話だったが、それでもギルド内には十五、六人の冒険者がいた。

ニーアにつられるように部屋内を見回したヒイロは、彼女に同意して頷く。

「昨日は来たのが昼頃でしたからね。今から依頼に出る人とか、私達みたいに昨日取った魔物の換金をする人とかがいるんでしょう」

「それか、バーラットみたいに昨夜、遅くまで飲んでた人達かな」

言いながら見上げてニカッと笑うニーア。その一言でもう一度冒険者達を見渡したヒイロは、バーラットの同類のような風貌の冒険者を数人見つけ、いかにもありえそうだと笑みを零した。

「そうですね。その可能性もありますね」

そのまま二人でクスクス笑っていると、近くで「うおっ！」という声が聞こえた。見れば、ヒイロの前に並んでいた三十歳前後の戦士風の冒険者が、ヒイロの胸元を凝視して目を見開いていた。

「えっと……どうかなさいましたか？」

驚きの表情で固まっている冒険者に、ヒイロが恐る恐る話しかける。と、その男は我に返って照れたような笑みを浮かべながらヒイロへと視線を向けた。

「いやー、後ろに並んだのが一人だと思ったら、誰かと話してる声が聞こえたもんでな。何と話してるんだと気になって振り返ったら妖精がいたもんだからビックリしちまった」

人懐っこい口調でそう言いながら、男は再びニーアへと視線を向ける。しかし当のニーアはビクッと身震いして、ヒイロの懐にスッポリと身を隠す。その警戒心の強さに、男はシュンと落ち込んだような表情を見せた。

「すみません。大きな街には妖精を攫う悪い奴もいると仲間に警告されてから、すっかり見知らぬ人を警戒するようになってしまって」

落胆した様子があまりにも哀れに見えてしまい、ヒイロが慌ててフォローすると、男は少し表情を明るくしながらヒイロへと向き直った。

「そうか、ならよかった。てっきり、俺の顔がよっぽど怖かったのかと思ったよ」

そう言って笑顔を取り戻した男の顔は、笑顔でありながらもお世辞にも怖くないとは言えない面構えだ。とはいえバーラット程ではないと、ヒイロはあえて何も言わなかった。

「ところでおたくは、魔物の換金で並んでるんだよな」

気を取り直した男が、ヒイロをジロジロ見ながらそう尋ねる。ここに並んでいる以上、それ以外の理由がある筈が無いので、そうですとヒイロが素直に答える。すると男は右手に持っていた自分の身長の半分はあろうかという大きな麻袋を持ち上げ、「獲物はどうしたんだ？」と聞いてきた。

その麻袋はパンパンに膨れていて、下の方に赤茶色のシミがある。それが血のシミで中には解体された魔物でも入っているのだなと直感したヒイロは、腰に付けたウエストポーチをポンポンと軽く叩いてみせた。

「私の獲物はこの中にあります」

「なんだ。植物採取のクエストでも受けたのかい？」

ウエストポーチの大きさから、葉っぱでも入っているのかと男は思い込む。そこで、マジックバッグも貴重な物だというバーラットの言葉を思い出したヒイロは、引きつった笑みを浮かべながらコクリと頷いた。

「そうかい……だが、植物採取のクエストはあまり金にならんだろ」

「まぁ、まだGランクですから、仕方がないんです」

「Gランク！　その歳で……ま、まあ、頑張ってくれ。っと、俺の番が回ってきたみたいだ」

男はヒイロに哀れみの視線を向けながら、自分の順番が回ってきたと、部屋の中に入っていった。

「あいつ、絶対ヒイロが弱いと思ってるよね」

男が部屋に入っていって、周りに人がいないことを確認しながらニーアが再び顔を出す。

「まあ、悪い人ではなさそうですが……それに、人の口に戸は立てられませんから、強いと吹聴されるより、弱いと思っていただいてる方がいいですよ」

「ヒイロは相変わらずだね。あからさまに下に見られて頭に来ないの？」

ヒイロの代わりと言わんばかりにムッとしているニーアの気持ちが嬉しくて、ヒイロは笑みを零す。

「人の全てを会ってすぐに理解することはできませんからね。私は、仲間に私というものを理解してもらえていれば十分ですよ。世界の全ての人に自分を認めさせようなんて思っていません」

「欲が無いねぇ。世界は広過ぎだけど、ヒイロなら力だけで一国くらいは屈服させて、自分を認めさせられそうだけど」

ヒイロの言う仲間の中には自分も入ってるんだと思ってニヤケながら照れ隠しで言ったニーアに、ヒイロは苦笑いを浮かべる。

「力で皆に自分を認めさせることに、価値も意味も無いですよ。そんなことをするくらいなら、どこかでひっそりとノンビリ暮らした方がよっぽど有意義です」

欲の無い言い分がいかにもヒイロらしくて、ニーアは笑みを零す。それに、どこかで静かに暮らすならバーラットはついてこないだろうから、ついて行くのは自分だけだろうと、ニーアはヒイロとのドタバタした生活を思い浮かべ――

「それも、悪くないかもね」

それはそれで楽しいんじゃないかと感じるのだった。

それから数分。

ヒイロとニーアがとりとめのない話をしていると、さっきの男が出てきて、部屋の中に残っていたギルド職員の女性がヒイロを呼ぶ。

「次の方、どうぞ」

　彼女の言葉に従い、ヒイロは部屋へと入った。

　そこは十畳程の正方形の部屋で、その部屋の中心に移動した女性が、床を手の平で指し示しながら「こちらにどうぞ」と、品物を床に置くように促した。

「では、これを」

　ヒイロが時空間収納から、ウエストポーチ型のマジックバッグ経由で真っ二つになったディザスターモウルを出して床に置くと、職員の女性は目を丸くする。

「ディザスターモウルですか！　それにマジックバッグ！　失礼ですが、貴方はＧランクでしたよね？」

　昨日、ＳＳランクのバーラットに連れられて高年齢で冒険者登録し、副ギルドマスターであるアメリアが登録を担当。その上、Ａランクのレッグス達がやたらと頭を下げていたこともあり、ヒイロはギルド内で有名になっていた。そんな彼のことが記憶にあった職員の女性は、Ｇランクでディザスターモウルを倒し、更に希少品であるマジックバッグまで持っていることに過剰に反応を示す。

「ええ、その通りです。マジックバッグはバーラットから譲り受けた物ですけど」

「誠に恐縮ですが、ギルドリングを拝見しても？」

　マジックバッグへの反応はある程度予測していたので、バーラットの名前を出したヒイロ。だが、ディザスターモウルを倒せたという不自然さまでは拭えず、ギルド職員の女性はギルドリングの提示を求めた。

ギルドリングには本人のステータスの他に、立ち寄った場所やどんな生物と戦い、倒したかという情報も入っており、他人が倒した魔物を掠め取ってもすぐに分かるようになっていた。

ヒイロが要請に応じてギルドリングを渡すと、ギルド職員の女性は人差し指に嵌めていた赤い宝石の付いた指輪をギルドリングに近付ける。これは、ギルド職員に支給されているギルドリングの情報を読み取る為の魔道具だ。

その途端、ギルドリングの上方の何もない空間に文字が浮かび上がった。

「確かに昨日、西の草原でディザスターモウルを倒していますね。パーティメンバーは……ニーアさん、スレインさん、スティアさん、それにリリィさんですか！　なるほど、Aランクのリリィさんもご一緒というのであれば納得です」

浮かび上がった文字を読んで納得した女性は、営業スマイルに戻ってギルドリングをヒイロに返す。

「分かってもらえてよかったです。それで、金額の方は？」

リリィの同行のお陰で面倒にならずに済んだとホッとしたヒイロは、ギルドリングを受け取り手首に嵌め直した。

「ディザスターモウルは素材の値段が全部で金貨二枚。国からの懸賞金が金貨五枚となっています」

「すると、全部で金貨七枚ですか」

ランクBのゴブリンジェネラルですら金貨三枚と大銀貨五枚だったのに、ランクC一体でその倍の金貨七枚が得られるなら美味しいと、ヒイロは喜んで換金した。


「う～ん、なかなかいい依頼はありませんね」

換金を終え、どうせレベリングをするのなら一緒に依頼も受けて少しでもお金を稼ごうと、依頼書の貼られた掲示板を凝視しているヒイロとニーア。しかし、なまじ金貨七枚という大金を受け取った後だけに、Gランクの依頼の報酬が安く見えてしょうがなかった。

「あっ、これなんかどう？　南の平野の先にある小さな森に住み着いた、はぐれゴブリンを退治して欲しいって」

「大銀貨二枚ですか。ゴブリン自体はお金になりませんし、第一、ゴブリンを数匹倒してもニーアのレベルは上がらないでしょう」

「う～ん、そっかぁ。でも、効率的にレベルが上げられそうな北や東に行く依頼って、Gランクが受けられる依頼書の中にはないんだよね」

街の北や東に出没する魔物のランクの平均はC～D。普通に考えて、そんなレベルの魔物が徘徊している場所へ行く必要もあるGランク冒険者向けの依頼などある訳がない。しかし、そのレベルの魔物に全く脅威を感じていない二人は、レベリングの効率を重視して自分のランクに見合わない依頼を必死に探す。

だが結局、そんな依頼がある訳もなく、ヒイロは仕方なしに妥協することにした。

「レベリングに意識が行き過ぎて魔物討伐ばかりを探していましたが、かえって、薬草類の採取の方がいいかもしれませんね」

「えー地味過ぎない？」

「地味かもしれませんが、私のサーチアイとニーアの【植物鑑定】を使えば苦も無く探せそうですし、葉を十枚で大銀貨一枚なら数を揃えればゴブリンよりよっぽど稼げます。レベリングは出てきた魔物でやればいいですし」

「そっか、そうだよね。じゃあ、それで行こう」

二人は熱冷ましや頭痛などに効く薬草採取の依頼書を掲示板から剥がし、カウンターに向かった。

「この依頼を受けたいのですが、どの辺りに生えている薬草なのですか？」

コーリの街周辺の植物の分布など分からないヒイロの率直な質問に、カウンターに座るギルド職員の女性はにこやかに対応する。

「薬草類の採取依頼ですね。この薬草は東の山脈の麓の森によく生えているのですが、お二人だけで行かれるのなら、南の平野や森を地道に探す方法をお勧めします」

街の東は魔物のレベルが高く、低レベルの冒険者では危険である。かといって、Gランクでも受けられる薬草類の採取依頼など、高レベルの冒険者が受ける訳がない。それ故に東の森には依頼対象の薬草がたくさん生えていた。

普通、ギルド職員がGランクの冒険者に今の質問をされても、東の森の情報など教えることはない。しかし、昨日ここでヒイロ達がAランクのリリィとパーティを組んでいるところを見ていたカウンター担当のこの女性は、ヒイロ達に余計な情報まで教えてしまった。

「そうですか。ありがとうございます」

ギルド職員の女性から情報を得て、ヒイロが頭の中で迷い無く選択したのは勿論、東の森。強い魔物が出る街の東ならニーアのレベリングにも好都合だと、ヒイロは笑顔で女性に礼を言った。

第7話　初ダンジョンへ

コーリの街から街道を進むこと三十分。

体力を消耗するため、魔物が出る可能性のある街道では普通の冒険者は絶対にやらない、走るという行為。その自殺行為とも言える行動を、ヒイロは息一つ乱さずにやってのけた。

結果、常人の三分の一程度の時間で森に到着して、サーチアイを活用しつつ順調に目的の薬草を採取していた。

「あっ、これも薬草だよ。お腹が痛い時なんかに効くんだ」

「そうなんですか。依頼書に記された薬草ではありませんが、一応、摘んでおきましょう」

【植物鑑定】を持つニーアの指示で、サーチアイの指定機能では反応しない薬草も、いつか役に立つだろうとヒイロはどんどん採取していった。

「うーん、この辺のめぼしい薬草は大体採ったね」

「依頼書の薬草も三十枚は取れてますし、そろそろニーアのレベルアップに力を入れますか」

そう言いながら、曲げ続けて痺れた腰を伸ばすようにヒイロが立ち上がったところで、タイミングよく【気配察知】に反応があった。

「おっ、いいタイミング……でもなかったですね」

ヒイロが気配の反応があった方に振り向くと、約十五メートル離れた辺りにこちらに向かって歩いてくる三人の冒険者らしき男女の姿を見つけた。

先頭を歩くのは、剣士風の金属鎧を着込んだ二十代後半くらいの軽薄そうな男。その後ろに薄茶色のローブ姿でフードをかぶった神経質そうな痩身の男と、革鎧に短剣という軽装の上がり目の女が続いていた。

「まだ、魔物と人の区別がつかないんですよね」

「それが分からないと、出会い頭の不意打ちなんかができないから不便だよね」

「う～ん、魔物だと思って茂みの陰に魔法を撃ち込んだら人でした、なんてことになったら洒落では済みませんものねぇ。要訓練です」

　ヒイロが自分の未熟さを反省していると、先頭を歩いていた剣士風の冒険者が手を上げてヒイロに挨拶をしてくる。知らない顔が近付いて来たことで、ニーアは素早くヒイロの背後へと隠れた。

「こんにちは。見ない顔だけど、他の街からの出張組ですか？」

　その柔らかで丁寧な口調から警戒心マックスのニーアと反比例して、ヒイロは冒険者間のフレンドリーな挨拶なのだろうと警戒心を解いた。

「いいえ、昨日、冒険者になったばかりなんです」

「ほう、ではGランクなんですか？」

「ええ、恥ずかしながら」

　警戒心無く素直に答えるヒイロに、剣士風の男は内心でニヤリと笑う。

「へぇ～、そうなんですか。Gランクでここに来るなんて凄いですね」

「ははは、まあ、運が良かったんですよ。それよりも、貴方がたはコーリを拠点に？」

その辺を掘り下げられては面倒そうだとヒイロが露骨に話題をそらすと、男は首を横に振った。

「俺達は流れの冒険者なんですよ。コーリの街には十日前に来たんです」

「ほう。すると、冒険者稼業をしながら街々を旅してる訳ですか。カッコいいですねぇ」

「いえいえ、そう言うと聞こえはいいですが、実際は風来坊と変わりありませんよ。それにしても、そちらの妖精はお仲間ですか？　ギルドリングを着けているところを見ると冒険者のようですが、妖精の冒険者とは珍しい」

ヒイロの背中に隠れた後、肩口から様子を窺っていたニーアを目敏く見つけ、剣士風の男は目を光らせた。その、獲物を見定めるような目付きに、ニーアは素早くまたヒイロの背後に引っ込む。

「はい、私のパーティメンバーです。今日は依頼をこなしながら彼女のレベル上げをしようと思いまして」

三人の冒険者に不審なものを感じたニーアと違いにこやかに答えるヒイロに、男は貼り付けたような笑顔で視線を戻した。

「そうですか、レベルを上げに来ていたんですか。でしたら、この先にあるダンジョンなんかはおすすめですよ」

「ほほう、ダンジョンがあるんですか?」

「ええ、実は俺達もそこから帰って来たばかりなんですが、強さの割には経験値の効率がよくて、なかなかいい稼ぎ場所でした」

「ほうほう、それはいい情報をありがとうございます。早速行ってみようと思いますので、それでは」

「はい、ご武運(ぶうん)を」

ダンジョンと聞いて行ってみたくなったヒイロは、冒険者達に頭を下げると浮き足立ちながらダンジョンへといそいそと向かった。

冒険者達は彼の後ろ姿を笑顔で見送ったが、やがてその笑顔は下卑(げび)たものへと変わっていく。

「はっ、運良くここに来られたGランクごときが、よくもまあ嬉しそうに。自分達でここら辺の魔物を倒せると思っているのかね?」

ヒイロ達の小さくなっていく後ろ姿を見ながら、剣士風の男は小馬鹿にしたように呟く。

「ここに来るだけなら、運が良ければ誰でも来られるからな。それを実力と勘違いするような馬鹿は死んでも仕方がない。しかし、あの装備を見たか? 随分と珍しい形だったじゃないか。アレは高く売れるんじゃないか?」

　ローブの男は、ヒイロ達の生死に対しては興味無さげに呟いていたが、その装備には興味深い視線を送っていた。

「あのオヤジが死ぬのは構わないけど、妖精の方は生きてて欲しいねぇ。見たかいあの黒髪、珍しい。妖精は生きてる方が高値で売れるんだから、何としても生きたまま手に入れたいねぇ」

　軽装の女はネットリとした視線をニーアに向けていた。

「まったく、ギルドリングに戦闘の情報が残らなければ俺らが直接手を下してもいいんだが、こいつは外してた間の情報も、着けた瞬間に入ってしまうからな」

「いいじゃないか。魔物が殺した後で装備を剥ぎ取ればいいだけだ。わざわざ、あんな雑魚どもの為に殺人者の汚名を被ることもあるまい」

　渋面を作った剣士風の男に、ローブの男が冷たい笑みを浮かべて諭すと、軽装の女が鼻で笑った後に口を開く。

「あのダンジョンはCランクの私達でも手に負えないダンジョンだったんだ、あんなオヤジなんて入り口付近ですぐに死ぬさ。危険を感じれば、自分本位の妖精は仲間を見捨ててさっさと逃げるだろうから、背後に隠れて逃げてきたところを捕まえればいい」

「そうだな。それじゃあ、後をつけてあの馬鹿が死ぬのを見守るか」

　三人は互いに顔を見合わせ、いやらしい笑みを浮かべながら、ヒイロ達を追って森の中に消えて行った。

「ほっほう！　これがダンジョンの入り口ですね」

冒険者達と出会った場所から徒歩五分。

森の中に現れた岩壁にポッカリと空いた、高さ、幅ともに五メートル程の穴を前にして、ヒイロのテンションはかなり上がっていた。

穴の中は数メートルで外の光が届かなくなっており、この中でどんな冒険が待っているのかと思うと、ヒイロのワクワクはどんどん加速していく。そんな彼の気持ちを削ぐように、ニーアがあるものを見つけヒイロに話しかけた。

「ねえ、ヒイロ。こんな立て札があるんだけど」

ダンジョン入り口に目が釘付けになっていたヒイロと違い、用心深く周囲をキョロキョロしていたニーアが見つけた立て札に、ヒイロは目を移す。

「立て札ですか？　どれどれ……」

それには、『Bランク以上の冒険者が三名以上で入ることを推奨します――冒険者ギルド』と書かれていた。

「…………」

それを読み、ヒイロは無言になる。

そんなヒイロの肩に降り立ち、ニーアが眉をひそめて話しかけた。

「ねぇ、ヒイロ。あの冒険者達、ぼく達がGランクだと知っててここを勧めたよね」

「……はい」

「もしかしてぼく達、嵌められてる？」

「そう……思いたくはありませんが、そうなんでしょうか……目的はいまいち分かりませんが、となると、彼等が私達の後をつけているのも、心配だったからなんて理由ではなかったんですね」

ヒイロは【気配察知】で、あの冒険者達が自分達の後を追っていることを知っていた。

最初は、紹介した手前、怪我でもされたらと心配してもらっているのかな、などと自分の感覚でお気楽に考え、感謝までしていた。しかし、よくよく考えれば声もかけないのはおかしいと気付いて眉をひそめる。

「えっ！　あいつらぼく達をつけてたの？」

つけられていたことに気付いてなかったニーアだったが、ヒイロの口振りが現在進行形だった為に、今も近くに潜(ひそ)んでいると分かり、小声でビックリしてみせる。

「はい。今は背後の茂みに身を潜めています」

「うわー……これはアレだね。ぼく達が魔物にやられたら、金品を奪うつもりだ」

「……彼等は私達がGランクだと知ってます。金品にはあまり期待してないのではないでしょうか」

ヒイロの渋面から紡ぎ出された言葉に、ニーアは先程自分に向けられた冒険者達の視線を思い出して顔を青ざめさせる。

「……もしかして、目的はぼく？」

自分を指差したニーアにヒイロが渋面のまま頷くと、彼女は自身の肩を抱いて身震いする。

「う～やだやだ！　ヒイロ！　ぼくが攫われちゃう前にあいつらやっちゃお！」

身の危険を感じて力説するニーアに、ヒイロは少し考えてからかぶりを振った。

「今の段階で彼等をふん縛っても証拠がありませんから、逆に私達が悪者にされてしまう可能性があります。歯痒いですが、ここは泳がせて証拠を掴んでから然るべき所に突き出しましょう」

「むう～……面倒だなぁ」

口を尖らすニーアに、ヒイロは眉尻を下げて困ったように微笑む。

「仕方ありませんよ。この状況では『間違った情報を教えてしまったから、心配で後を追っていたんだ』なんて言われたら、何も言い返せなくなっちゃいます。ですからとりあえず、当初の目的通りこのダンジョンでレベリングに励みましょう。幸い、ここの魔物はレベルが高そうですしね」

「う～……分かったよ」

渋々了承するニーアに、ヒイロはコクリと頷いて、二人はゆっくりとダンジョンへと歩き出した。

不安がるニーアの手前、冷静を装っていたヒイロだったが、初の本格ダンジョンを楽しみにしていたため、それに水を差すような行動を取っている冒険者達に怒りを感じていた。

（もし、本当にニーアを攫おうなんて考えているのなら……）

自分は本当に手加減できるのか？　怒りに任せて力加減を誤るんじゃないか？　そんな不安もヒイロの心中には生まれていたが、折角のダンジョンを彼等の為に楽しめないのは勿体無いと、気持ちを切り替えることにした。


時は少し遡り、ダンジョンの前に立てられている立て札の前でヒイロ達が動かなくなったのを見て、木陰に隠れていた冒険者三人組は焦っていた。

「おい、あいつら立て札の前で固まってるぞ」

苦々しい表情を浮かべる剣士風の男の声に同意するように、ローブの男も眉をひそめる。

「確か、あの立て札にはBランク以上推奨とかなんとか、そんな下らない注意書きが書いてあったか？　まさか、あんな立て札を真に受けて怖気付いたんじゃないだろうな」

「こんなことならあんな立て札、引っこ抜いて捨ててやればよかったわね」

当の自分達は、その立て札を小馬鹿にして笑いながらダンジョンに入った挙句、中にいた魔物に全く歯が立たずに必死で逃げてきている。それにもかかわらず、冒険者ギルドが親切で立てた立て札を下らない物と言い捨てた彼等は、ヒイロ達がこのままダンジョンに入らなかったらどうしようと、顔を付き合わせて相談しだした。

「どうする？　これから出て行って『そんな立て札気にすることはない』と吹き込むか？」

「あんた馬鹿なの？　ここで私達が出て行ったら、さすがに怪しまれるに決まってるじゃない！」

「馬鹿とはなんだ！　あいつらがそんなことまで頭が回るように見えるか？」

剣士風の男の馬鹿な提案に、軽装の女が呆れたような視線を向ける。二人の間に険悪なムードが漂うが、そんな二人に全く関心を示さないローブの男が、ヒイロ達に向けていた視線を外さぬままに口を開く。

「いっそのこと、気絶でもさせてダンジョンに放り込むか？」

「おっ！　それいいな」

ローブの男の提案に剣士風の男が笑みを浮かべると、軽装の女は怪訝な表情を浮かべた。

「でも、抵抗されたら、勢い余って殺しちゃうかもしれないわよ」

「Cランクの俺達が、駆け出しごときにそんなヘマをやるかよ」

「はん！　ダンジョン入ってすぐに現れたデッカいムカデに驚いて腰を抜かした奴が、よくもそんな口を利けるわね」

「あれは……突然気持ち悪いのが視界に入ってきたから、ちょっと驚いただけだろ！」

「冒険者やってるくせに、そんなことで驚くんじゃないわよ！」

「しっ！　……あいつら、入っていくぞ」

再び喧嘩腰になり始め、声も大きくなりだした二人に黙るようにジェスチャーして、ローブの男はヒイロ達を指差す。

「……本当だ」

「あいつら馬鹿なの？　Bランク推奨って書いてあるのに、Gランクの自分達の力が通用すると思ってるのかしら？」

「自分達が強いと勘違いしている馬鹿が、ランクに見合わないダンジョンに入るってのはよくある話だ。手間が省けていいじゃないか。後を追うぞ」

自分達のことは棚にあげた三人は、ローブの男の言葉に頷き合うと、ヒイロ達を追ってダンジョンに入っていった。


真っ暗な空間。

時折、天井から地面に落ちる雫の音が、辺りに反響する。湿度が高いせいか肌にまとわりつく服の感触を不快に思いながらも、ヒイロは初ダンジョンに心が躍っていた。

「……暗いですねぇ」

不便なことをニコニコしながら口にするヒイロに、ニーアは怪訝な表情を向ける。

「ダンジョンだもん。太陽の光が届かなくなったら暗くなるのは当たり前だよ。ぼくは【暗視(あんし)】があるから全然平気だけど、ヒイロはそろそろヤバいんじゃない？」

「実は、その通りなんですよね――ライト」

ヒイロが光の球体を生み出し頭上に放ると、それは宙で停止し、岩盤(がんばん)を雑にくり抜いたような壁や天井を照らしだした。

「フッフッフッ……リアル3Dダンジョン。雰囲気があっていいですねぇ」

うっすらと濡(ぬ)れた壁や天井を見渡し、昔やっていた3Dダンジョン型RPG(ロールプレイングゲーム)を思い出してヒイロはニヤニヤと笑う。

「3Dダンジョンといえば、青い悪魔が大量発生してガンガン凍(こご)えさせられ、疲れて帰っても、泊まれるのはいつも馬小屋。そして最後は、宝箱のテレポートトラップ解除失敗で壁の中です」

「何それ!?　言ってる意味は分からないけど、内容が凄く怖い！」

「はっはっはっ、怖いことが伝われば十分です。リセットが間に合わないと、折角育てたキャラが一生壁の中ですからね、オートセーブ機能は実に恐ろしい。昔のゲームはシビアでしたねぇ」

初ダンジョンの高揚から口数が減らないヒイロは、ニーアには伝わらないと分かっていても喋り続ける。そんなヒイロに、いつもの病気だと肩を竦めたニーアは、ため息混じりに話しかける。

「それで、これからどうするの？　ぼくの魔法でダンジョンの構造を確認する？」

ニーアの言葉に、ヒイロはニヤけた口元を引き締め、「ふむ」と顎に手を当てた。

このダンジョンで魔物退治をするだけならそれもいい手だと思えたが、今は背後に招かれざるお客さんがいる。しかも、そのお客さんの標的がニーアだとすると、不測の事態に備えて彼女に余計な負担はかけさせたくなかった。

「それはやめておきましょう。今回はダンジョン攻略が目的ではありませんし、余計なMPを消耗するようなことは控えた方がいいです。入り口付近を適当に歩いて、出て来た魔物を倒す方向でいきましょう」

「そだね。最悪、迷った時にインスペクトウィンドを使って道を確認すればいいよね」

実はこのダンジョンは、この辺りではかなり難易度の高いダンジョンだった。しかしそんなことを知らない二人は、背後のお客さんには注意を払ったが、ダンジョン自体には特に気負いもせずにどんどん奥へ進んでいき、十字路に差しかかる。

「う～ん、どっちに行こう？」

三つの選択肢にニーアが悩んでいると、ヒイロは【気配察知】に反応を感じて正面を見据える。

「ニーア、【気配察知】に反応です」

「えっ、あいつらじゃなくて？」

左右と前方の通路へキョロキョロと視線を泳がせて迷っていたニーアは、ヒイロの一言で後方に振り向く。しかし、ヒイロは正面の通路を見据えたまま答える。

「あの方々は後方十五メートル程の所にいます。新たな反応は正面通路の先です」

「じゃあ、魔物だね」

「一応、先に入っていた冒険者という可能性もありますから、視認(しにん)してから攻撃に入りましょう」

「うん、分かった」

ニーアはヒイロの提案に鼻息荒く気合を入れながら了承してウィンドーニードルの詠唱(えいしょう)に入り、ヒイロは拳を固めてニーアの前に立ち、ゆっくりと前進を始めた。

十字路を過ぎて少し進むと、水滴が落ちる音の反響とヒイロの足音だけだった雑音に、カサカサという音が混ざり始める。

「何だろう、この音？」

「嫌な予感がします……【気配察知】の反応も天井付近の壁から感じられますし……」

カサカサという乾いた音と、壁に張り付いているとしか思えない【気配察知】の反応位置から、ヒイロは生理的に受け付けない生物を連想していき、自然と顔が引きつり始める。

「鳥類……最悪、爬虫類でもいいんですけど、こんな音を出す鳥類や爬虫類なんて……」

「今まで出会ったことないね」

ニーアの無慈悲な一言で、ヒイロの表情は嫌悪感一色になった。

「そうなると考えられるのは、虫……ですか」

「うん。そだね」

「カブト虫やクワガタくらいならいいのですが、ダンジョンという性質から推測すると、まずありえないですよね」

「うん。あの音は絶対足が多い奴だよ」

気配の相手の推測が進むにつれて、ヒイロの表情には嫌悪感に恐怖が混ざり始める。

「ですよね……壁に張り付き、足が多いって……」

ヒイロが口元を引きつらせながらそこまで口にした時点で、それは視界に入ってきた。

体長は約二メートル。毒々しい赤と黒のまだら模様の細長い硬そうな身体に無数の足を生やし、赤いガラス玉のような目を持っている。そいつは鎌のような一対の牙をカチカチ鳴らしながら、天井付近の壁に張り付いてヒイロ達を威嚇していた。

「……ムカデかな?」

「ムカデ……ですね」

　小首を傾げ平常心を保っているニーアに対し、ヒイロは、見た目だけで嫌悪感を抱かせるそのフォルムを見て、ゾッと背筋に悪寒を走らせる。

「節足動物は勘弁願いたいです……あれが近くにいると分かっただけで、ゾワゾワと落ち着かなくなってしまいます」

「何怯えてるのヒイロ！　あんなのデッカいだけでただの虫じゃないのさ。ほら、まだ一匹目なんだからチャチャッと殺るよ。ウィンドーニードル！」

　ムカデに拒否反応バリバリで及び腰のヒイロを一喝し、森育ちで節足動物に免疫のあるニーアは、臆することなく大ムカデに向かってウィンドーニードルを撃ち込む。しかし、硬い身体にそんな殺傷能力の低い魔法が効くはずもなく、大ムカデの体表であっさりと弾かれてしまった。

「あー、やっぱり効かないかー。早く攻撃力の高い魔法が欲しいなぁ」

　効かないことは分かっていたらしく、ニーアはあまり落胆した様子は見せずに呟く。しかし、そのニーアの行動にヒイロは大いに焦りを見せた。何故なら、彼女の攻撃により、警戒態勢を取っていた大ムカデは頭をもたげて明らかな臨戦態勢へと移行したからだ。

「ニーア！　あまり無節操に攻撃しないでください！　ムカデが戦闘態勢に入ってしまったじゃないですか！」

「別にいいじゃない、どうせ倒すんだから。ほら、ヒイロ。来たよ」

ニーアの緊張感の無い警告を受け、ヒイロが視線を慌てて戻すと、大ムカデはヒイロの方へ壁から跳躍したところだった。

「ひぃぃぃ！　気持ち悪い！　10パーセント！」

　無数の足をウニウニと動かしながら、牙を大きく広げて向かって来た大ムカデ。それに対し、視線を外せないヒイロは、半分パニックになりながらも【超越者】を10パーセントに引き上げて大きく拳を振った。

　それは、嫌悪感からくる条件反射的行動。突然向かって来た虫を思わず足で踏み潰してしまうように、ヒイロの我武者羅な拳は大ムカデの頭に真上から当たる。更に少しでも自分から相手を離したいという心理が働いた拳は、当たった後も止まることなくそのまま地面まで振り下ろされた。

　結果、大ムカデの頭はヒイロの拳と地面に挟まれ、あっさりと潰れた。グシャという、嫌な感触を直に味わったヒイロは、顔を引きつらせながら数歩後退する。

　大ムカデは頭を失いながらもしばらくは身体をうねらせていたが、その動きは徐々に緩慢になっていき、ついには動かなくなった。

「……死にましたかね？」

「頭無くなったんだもん、死んだんじゃない」

　完全に動かなくなるまで凝視していたヒイロの言葉に、ニーアは軽く答える。

　ニーアのお墨付きを貰ったヒイロは安堵の息を大きく吐き出すと、拳についた大ムカデの緑色の体液に気付き、大慌てでウォーターで生み出した大量の水で手を丹念に洗い始めた。

「初っ端でこれですか……はっきり言ってこのダンジョンを舐めていました」

「あっさり倒したくせに、何疲れきった顔してるの。ほら、早くムカデの死体回収して次行こ」

　大ムカデの出現のせいで、すっかりダンジョンの幻想から冷めてしまったヒイロ。そんなヒイロにニーアは更に酷なことを要求する。

　そんなニーアにヒイロは絶望的な表情を向けた。

「アレを……仕舞うんですか？　時空間収納に？」

「当たり前じゃん。アレだっていいお金になるかもしれないんだから」

「時空間収納に仕舞うだけならちょっと触ればできますが……」

「あいつらが見てるかもしれないからね。マジックバッグに仕舞うように見せかけないと」

「うう……冒険者って、過酷な職業なんですね……」

　泣き言を言いながら、ヒイロは嫌々大ムカデをがっつり掴んでズリズリとマジックバッグに仕舞い込んだ。

第8話　戦慄(せんりつ)の魔物

「おい、見たか⁉　あいつ、あのムカデを倒しちまったぞ！」

大ムカデと戦うヒイロを少し離れた所で見ていた冒険者三人組は、自分達が傷一つ付けられなかった大ムカデがあっさり倒されて、少しざわついていた。

「あいつ、本当にGランクか？」

「もしかして、私達担(かつ)がれてたの？」

動揺する剣士風の男と軽装の女に反して、ローブの男は比較的冷静に語り始める。

「お前ら、落ち着いてよく考えてみろ。あいつが俺達にそんな嘘をついて、何の得がある？　大体、コーリの街の上位冒険者の名前と顔は全員覚えてるだろ。あんな奴、いなかったじゃないか」

小心者のこの三人組は、トラブルがあった時に自分達よりランクが高い冒険者と敵対することを避ける為に、コーリの街に滞在する自分達よりランクの高い冒険者の顔と名前を全て覚えていた。その中には勿論、ヒイロの名が入っている訳がなく、それ故にヒイロのランクは低い筈だとローブの男は言ったのだった。

しかし、先程見た戦闘のインパクトが強く頭に残っている剣士風の男は、なおも食い下がる。

「そりゃあ、そうだが……だけどさっきのあの異常な力をお前も見てただろ。アレがGランクに見えるか？」

「確かにここからはとんでもない力でムカデの頭を潰したように見えたが、大方、たまたま急所に当たってそうなっただけだ。ああいう見た目が強そうな魔物は、弱点を突けば案外あっさり倒せるものなんだよ」

何処をどう見たらそんな結論に達するのか、ローブの男は自信ありげにそう言うと、その推論が正しいと言わんばかりに仰々しく頷いてみせる。

「ねぇ、アレを見なよ！」

自信満々のローブの男を疑いの眼差しで見ていた剣士風の男だったが、軽装の女の息を呑む声に促されてヒイロの方へと視線を向けた。

その先では、丁度、ヒイロがムカデの死体を仕舞い込むところだった。

「アレ、もしかしてマジックバッグじゃないの？」

「ああ、間違いない」

「やっぱり！　私、初めて見たわ」

軽装の女が声を上げると、明らかに入りきる筈のない大きさのバッグに大ムカデの死体をスルスル入れていくヒイロの様子を興味深げに見ながらローブの男が答える。その言葉に、剣士風の男の声も興奮気味に高まる。

「おいおい、マジか！　もしアレを売ったら、一体、どれくらいの価値があるんだ？」

ヒイロの力量に疑惑を持っていた剣士風の男だったが、欲望が勝り、既にそんなものはふっ飛んでマジックバッグに目が釘付けになっていた。

「入れられるアイテムの数にもよるが、最低でも大金貨五枚は下らないな」

「ホントかよ！　だったら、容量次第じゃもしかして白金貨までいくんじゃないか？」

「その可能性は十分にあるな」

「本当に！　ああ……あいつ、早く死なないかしら」

取らぬ狸の皮算用で大いにはしゃぐ三人組。欲に駆られた彼等の頭の中では、この時既に先程のヒイロの活躍など綺麗さっぱりマジックバッグの存在に塗り替えられてしまい、マジックバッグを手に入れた後のことしか考えられなくなっていた。

「ダンジョンはもう、沢山です」

ダンジョンへ足を踏み入れた当初のテンションの高さは何処へやら、ヒイロは次々現れる魔物に辟易してグッタリしていた。

　ムカデを倒した後、ヒイロ達は迷わないように次の分岐点からは、右と左を交互に選びながら進んでいた。

　しかし、その間にヒイロは、体長一・五メートル程の青白く光るクモ、ブルーシャインスパイダーの巣に引っ掛かり、五十センチ程の赤と黄色の体色のイモリ、ポイズンケイブニュートの大群に抱き着かれまくり、そして今さっき、デッカいカエルのワインドトードの舌に巻き付かれたばかりだった。

　服は付与されている自動洗浄の効果ですぐに綺麗になったが、粘ついて生臭かったカエルの舌の感触がまだ消えていないヒイロは、憔悴しきった顔で背中を丸めながらトボトボと歩を進めている。

「もう、ヒイロったら、もうちょっとシャキッとしなよ」

　ヒイロとは対照的に、ニーアは機嫌良くヒイロの周りを飛び回る。それもその筈で、ニーアはこの四連戦でレベルが七つも上がっていた。

「ニーアはいいですよ。戦闘になる度にレベルが上がるのですから。その調子ならもう、新しい魔法を覚えたのではないですか？」

「……へ？」

「はい？」

　ヒイロの言葉に、ニーアは驚いた表情で彼を見つめ、ヒイロは何故ニーアが驚いているのか分からずにキョトンとしながら見つめ返す。

「ヒイロ、新しい魔法を覚えるってどういうこと？」

「えっ！　レベルがある程度上がったら、魔法を覚えられるのではないのですか？」

「レベルが上がったら魔法を覚えるって……一体どうやって？」

「それは、自動的に頭の中に魔法が浮かぶとか……」

「勝手に頭の中に魔法が浮かんでくるって、何その恐怖現象！」

　ヒイロはこれまで、【全魔法創造】で思い描いた魔法を瞬時に取得していた為、魔法は勝手に頭の中に浮かんでくるものだと思い込んでいた。ところがニーアは、そんな怖い魔法取得はありえないと断言する。

「では、どうやって魔法を覚えるんですか？」

「そんなの、適性のある属性の魔法が、覚えられる域まで魔力や精神力が上がったら、誰か教えられる人に教えてもらうか、魔法書を手に入れて覚えるに決まってるでしょ」

「……そっちの方式でしたか。だったら、まずは魔法書を手に入れるべきだったんじゃないでしょうか？」

　ニーアの場合、物理攻撃に期待ができない以上、レベルを上げるよりも攻撃方法の主体である魔法を新たに覚えた方が、手っ取り早く強くなれたのではないか。そんなヒイロの疑問に、当の本人は首を左右に振って否定する。

「う〜ん、それはそうなんだけど、今のぼくじゃ、覚えられる魔法なんてたかが知れてるし、覚えられたとしても魔法の威力を上げるには魔力を上げないといけないから、結局レベル上げは必要なんだよね」

「そうでしたか……では仕方ありませんね。気合を入れて、もう少し魔物を倒しましょう」

ニーアの為にもう少しこのダンジョンで踏ん張ろうと、ヒイロは覚悟を決めて気合を入れ直した。

「ねぇ……あのおっさん、やっぱり強いんじゃないの？」

軽装の女の言葉に、男二人は何も言い返せなかった。

一時はマジックバッグの魅力に目が曇り、自分達に都合のいいように解釈していた三人組だったが、その顔に浮かんでいた卑しい笑みは既に消え、逆に今は青ざめている。

ヒイロ達はクモ、イモリ、カエルの後に、ゲジゲジ、カマドウマ、ナメクジ、ムカデ、ダニ……と、ゲテモノ魔物を次々と撃破していた。そのどれもが自分達では太刀打ちできない魔物だとさすがに気付いた三人組は、マジックバッグを手に入れるという夢からはとうの昔に醒めていた。

「認めたくはないが、恐らくあいつはAランクだ。多分、俺達の調査に漏れがあったんだろう」

　しばらくの沈黙の後、絞り出すようにローブの男がそう宣言すると、他の二人がやっぱりかと顔を見合わせる。

「くそっ！　やっぱり俺達は担がれていたのか」

「自分よりランクの低い冒険者を騙すなんて、あのおっさん、最低の性格をしてるわね」

　邪な考えを秘めて勝手について来たくせに、自分達が騙されたと勘違いして、今置かれている状況が全てヒイロのせいだと責任転嫁し怒り始める二人。そんな彼等に、ローブの男が一人苦渋の表情を浮かべながら大きな問題を提示する。

「……一つ確認なんだが、俺達は自力でこのダンジョンから出られると思うか？」

　ローブの男の言葉に、一度はヒイロへの怒りで顔を真っ赤に染め上げていた剣士風の男と軽装の女の顔から、また血色が失われる。

「……そりゃあ……無理だよな」

「ええ……帰り道で魔物に一回も遭遇しないっていう奇跡でも起きない限り出られる訳ない……」

　今置かれている自分達の立場を理解してしまった二人の返答に、ローブの男は正解だという意を込めて大きく頷く。

「だよな。と、いうことで……俺達には、あいつの後をついていくという選択肢しか残されていない訳だが、ここで一つ大きな問題がある」

「何だよ、問題って」

「後方から魔物が現れた場合、俺達は前方に逃げねばならん。その時、突然現れた俺達をあいつは助けてくれると思うか？」

　剣士風の男と軽装の女はその状況を思い浮かべ、頬を引きつらせながら二人同時にかぶりを振る。

「そりゃあ……助けないだろ。いきなり逃げて来た奴を無条件で助ける奴なんている訳がない」

「そうね。面倒ごとは御免だって無視されて、死んだ後で身ぐるみを剥がされるのがオチだわ」

　ヒイロなら——いや、善良な冒険者ならダンジョンで困っている冒険者と出逢ったら、間違いなく無償で救援するだろう。しかし、あくまで自分の価値観でしか物を考えられない二人は、その可能性を頭から否定する。そして、それはローブの男も同じだったようで、二人の言っていることは正しいと言わんばかりに頷きながら口を開く。

「そうだろ。だから、そうなる前にあいつらに偶然を装って合流してしまわないか？」

「合流？　俺達は外でここを紹介して別れているんだぞ、怪しまれるだろ」

「怪しまれたって構わん。そうなったら無理矢理ついていって、街に戻れた暁には『こいつらは、ダンジョンで困っていた俺達を見捨てようとした』と吹聴してやればいい」

ローブの男の提案に、剣士風の男と軽装の女はニヤリといやらしく口角を上げる。

「そりゃあいいな。嘘を言ってる訳じゃねぇから、あいつらも文句は言えんだろ」

「そうなったらあいつら、街にいられなくなるわね。いい気味」

「よし、そうと決まったら早速行動に移そう」

どこまでも自分達に都合のいいように考える三人は、自分達の身に危険が及ぶ前にヒイロ達と合流してしまおうと、含み笑いをしながら足を速めた。

三人組が足を速めたその頃、ヒイロは丁度、曲がり角を曲がろうとしていた。そして──

──ガコン。

「……へっ？」

曲がり角を曲がった直後に足元から人工的な音が聞こえてきたと同時に、一瞬の浮遊感を全身に感じて、ヒイロは間の抜けた声を上げる。

何事かと咄嗟に足元の方に目を向けると、その目に映ったのは、ポッカリと空いた真っ暗な大穴。

「ええっ⁉」

それが何を意味するかヒイロが理解する前に、彼の身体はあっという間に穴の中へと呑み込まれていった。

「…………ヒイロ‼　ちょっと待ってよ！　何処いく気だよーーー！」

一瞬、ヒイロが穴に落ちていく様を呆然と見ていたニーアだったが、我に返り、ヒイロを追って穴の中へと飛び込む。そして、観音開きに開いていた穴はニーアが飛び込むのを待っていたかのように静かに閉じ、元の変哲の無い地面へと戻った。

「おい、待ってくれ！　……って、へっ？」

穴が閉じた直後にヒイロを追って曲がり角を曲がってきた剣士風の男は、その途端にヒイロの姿を見失って、呆然と立ち尽くす。

「ちょっと、何黙り込んでいるの……よ……」

そんな彼を見て、何をもたついてるのよと、苛立ちながら駆け寄って来た軽装の女だったが、曲がり角の先に誰もいないことを自分の目で確認した瞬間、剣士風の男と同じリアクションを取る。

「おい、二人して何をして……」

立ち尽くしている二人に最後に追い付いたローブの男だったが、結果は同じ。

三人組は、無限とも感じられる曲がった先の通路を、ただただ、呆然と眺めていることしかできなかった。

「……おい。あの男は何処に行った？」

どれくらいの時間そうしていたのか、我に返ったローブの男は誰に言うともなく、絞り出すようにそう呟く。その声には絶望の色が混じっていた。

「……知るかよ。角を曲がったら、影も形も無くなっていたんだから」

一番最初にそれを確認した剣士風の男が捨て鉢になりながら答えると、軽装の女とローブの男が睨むようにそちらに振り向く。

「ちょっと、それどういうことよ！　貴方が最初に確認したんでしょ！　人一人が突然消えるなんてありえる訳ないじゃない！」

「おい、デカい声出すんじゃねえよ！　魔物に気付かれるだろ！」

食ってかかってくる軽装の女に、喧嘩腰で返す剣士風の男。声を荒らげる二人に、ローブの男も苛立ち、声を張り上げた。

「そう言うお前も声がデカいんだよ！」

「なにぃ！」

「何よ！」

「何だよ！」

三人組の喧騒は、ダンジョン内にいつまでも響き渡っていた。

第9話　黒い悪魔──ダンジョンの終着

「ここにきて、こんな古典的トラップに引っかかるとはぁぁぁーーー!!」

ヒイロが落ちたのは直径一・五メートル程の穴で、表面がツルっとした石材製。それが傾斜のきつい坂になっていた。要するに、水の無いウォータースライダーである。

ヒイロはその坂を、絶叫を上げながら勢いよく滑り落ちていく。この坂は螺旋状になっていて、途中いくつか坂に沿うようにY字の分岐があり、このダンジョンに設置されている落とし穴が全てここに繋がっていることを物語っていた。

螺旋を落ちることで生まれる遠心力に身体を押さえつけられながら、ヒイロはどんどん地の底へと降りていく。もし、コートがエンペラーレイクサーペントの力を宿した物でなかったら、ヒイロの背中は摩擦熱でえらいことになっていただろう。それほどの勢いでヒイロは滑り落ちていった。

「……これは何処まで続くのでしょう？　もう、巨大滑り台を楽しめる歳でもないんですけどね」

一通り叫び、妙に冷静になったヒイロだったが、だからといって今の状況を打破することもできず、ただ状況に任せて滑り落ちていた。そんなヒイロの顔の正面に、後方から追い付いてきたニーアが飛行しながら並ぶ。

「あ！　ヒイロ、見っけ」

全力飛行で必死に追い付いてきたニーアは、ヒイロを指差しニカリと笑う。

そんなニーアに気付いて、ヒイロはビックリしながら目を見開いた。

「ニーア⁉　貴方も落ちてきちゃったんですか？」

「だって、あんなとこでぼく一人残されても、帰れる訳ないじゃないか」

「それはそうかもしれませんが、わざわざ罠に飛び込まなくても……」

「あんな魔物だらけの所に取り残されるより、ヒイロの側の方が安全だと思ったんだもん」

折角追い付いて来たのに、来ない方がよかったみたいな言われ方をされ、ニーアはプクッと頬を膨らませると、ジロリとヒイロを睨んだ。

「で、ヒイロは何処まで行く気なのさ？」

「何処に行く気だと聞かれても……それはこの穴に言ってくだ――」

「あっ！　ヒイロ前！」

こちらのセリフを遮って叫ぶニーアに促されて前に視線を向けた瞬間、ヒイロは全身に浮遊感を味わった。

「へっ？」

遠心力から浮遊感にいきなり変わった身体の感覚に、ヒイロは間の抜けた声を上げる。

そこは、直径二十メートルはあろうかという半楕円形の地下ドーム。天井付近の横壁の穴から突然放り出されたヒイロは、目を点にしながら体育座りのような格好で放物線を描いて飛んでいく。

「ちょ……この高さはないんじゃないですか！　チェイスチェーン！」

浮遊感から身体を重力に引っ張られ始めて、その高さに恐怖を感じたヒイロは、慌ててチェイスチェーンを上方に向けて放つ。

チェイスチェーンは天井から下がる岩の突起物に絡まり、ヒイロは振り子運動をしばらく楽しむ羽目になった。

「滑り台の次はターザンロープですか……もう、体感系のアトラクションは勘弁して欲しいんですけどね」

ブラブラと揺られながらヒイロがボヤいていると、ニーアが呑気な様子でその側まで飛んでくる。

「ヒイロ、楽しそうだね」

「そういう風に見えます？」

ジト目を向けてくるヒイロに、ニーアは意地の悪い笑みを浮かべながらブンブンと首を左右に振った。

「ううん、言ってみただけ。それよりも、こんくらいの高さなら別に天井からぶら下がらなくても、ヒイロなら大丈夫だったんじゃない？」

ニーアにそう言われ、ヒイロが下に視線を向けると眼下には真っ黒な地面が見え、その高さはおよそ八メートル程だった。

「確かに死にはしないでしょうけど、いきなり高い所に放り出されたら、誰でも落ちたくは……な……い……」

地面を見つつ、確かに自分なら大丈夫かもしれないと思いながら喋っていたヒイロだったが、視線の先の地面に言い知れない不安を感じて、その言葉は尻すぼみに消えていく。

「どうしたの？　ヒイロ」

下を向いたまま微動だにしなくなったヒイロを不思議に思ってニーアが問いかけると、彼は顔を引きつらせながら、全身を小刻みに震えさせ始めた。

「……いや……まさか……これはいくら何でも酷過ぎます……」

ニーアの声が聞こえていなかったのか、下を向いたまま怯えたように小さく呟くヒイロ。

そんな彼にニーアは少しムッとする。

「ちょっと！　本当にどうしたのさ、ヒイロ」

少し声が大きくなった彼女の言葉に、ヒイロはギョッとして顔を向けると同時に自分の口に人差し指を当てて、静かにするようにジェスチャーを送る。

「静かに、奴等に気付かれます」

「えっ？　奴等って？」

小声で話す自分に倣って声のトーンを下げたニーアに、ヒイロは口に当てていた人差し指を下に向け、ちょんちょんと指差す。

ニーアはその先を視線で追ったが、そこにあるのは黒い黒い地面のみで小首を傾げる。

「……黒い地面しか見えないけど？」

「分かりませんか？　どうして【暗視】を持ってるニーアに地面が黒く見えてしまうのかが」

「あっ！　そう言えば！」

ヒイロに指摘されて驚いて声が大きくなるニーアに、彼は慌てて再び口に人差し指を当てる。

「静かに！　耳を澄ましてみてください」

「ん～？」

――カサカサカサカサカサカサカサ……

疑問に思いながらも言われた通り耳を澄ましたニーアの耳に、大量の紙を擦るような乾いた音が聞こえてきた。

「……何これ！」

「しっ！　声が大きいです。奴等は俊敏で、壁を苦も無く登り、そして、空を飛びます。気付かれたら逃げ場がありません」

怯えながらそう語るヒイロ。

ニーアは強いヒイロが何にそんなに怯えているのか気になり、再び視線を下に向けた。

確かにヒイロの言う通り、【暗視】持ちで、暗い中でも岩の質感や色まで識別できる筈の自分の目に、黒い地面しか見えないのはおかしい。そう思いつつ、ニーアは地面をマジマジと凝視する。

すると、地面の黒色には少し光沢があることが分かった。そして、わずかに揺れ動いていることも……

それに気付いてニーアは顔を引きつらせながらヒイロへと向き直る。

「アレって……」

「認めたくはありませんが……全てGから始まるアレです」

「ひっ！」

森育ちで虫に慣れ親しんでいたニーアでも、地面一面にビッシリとGが蠢いていると分かり、肌を粟立たせて全身を震わせる。そしてすぐに、最近慣れ親しんだ避難場所になっているヒイロの懐へと凄い勢いで飛び込んだ。

Gは体長三十センチ程と、このダンジョンに現れるゲテモノ魔物の中では小柄な方だ。

しかしその数が異様に多く、視覚的、生理的に他のゲテモノ魔物より精神に受けるダメージがはるかにでかい。それ故に、ヒイロは気付いた時点で戦闘という選択肢は捨てていた。

「単なる落とし穴かと思っていましたが……完全に悪質なデストラップです」

「……さすがにコレは無いよね。どこかに出口は無いのかな？」

下に落ち、全身をGに群がられる自分を想像して頬を引きつらせるヒイロ。彼の呟きに、その襟元から顔だけ出したニーアも、アレの相手をするのはありえないと、どこかに逃げる場所はないか辺りを見回す。しかし、ヒイロが滑り落ちてきた穴以外で出られそうな場所は一箇所のみで、それは、Gが這い回る地面にある横穴だった。

ニーアとともに脱出口を探していたヒイロもその横穴を見つけ、目が点になる。

「……あれ、確実に穴の中にも奴等がいますよね」

「だろうね……っていうか、それ以前に入る為には一回下に降りなきゃいけないじゃないか」

「……ということは論外ですね」

「うん、論外。やっぱり出てきた穴から戻るしかないよ」

今落ちて来た天井付近の穴へと視線を移した二人は、互いの顔を見合わせてコクリと頷く。

「穴にさえ戻れれば、手足を突っ張って登って、なんとか上がることができるでしょう。

近付くのも、チェイスチェーンを後二回程使えばなんとかなりそうです」

　議論は満場一致でまとまり、では早速とヒイロがチェイスチェーンを使おうとしたその時、視線の先の穴から、何やら物音が響いてくるのがヒイロの耳に届いた。

「……あの穴から、何やら音が聞こえてくるのですが、気のせいでしょうか？」

「ううん、多分気のせいじゃないよ。ぼくにも聞こえるもん」

「私は何故か、嫌な予感がするんですよねぇ……」

「奇遇だね。ぼくもだよ」

　ヒイロ達が目標としている穴は落とし穴の出口。そこから音が聞こえてくるということは、何かが落ちてきていることを意味している。更に言えば、同じように落ちてきて、今現在天井からぶら下がっているヒイロと同じ軌道で飛んで来る可能性が高いということでもあった。

　それに気付いたヒイロは、チェイスチェーンを握る手に力がこもる。

「……キャアーーーーーッ！」

　ヒイロ達が固唾を呑んで凝視する中、甲高い悲鳴を上げながら黒い人影が穴から飛び出し、予想通りの軌道を描いて飛んでくる。

「……ああ、やっぱりこうなるんですね……」

　大方の予想が付いていたヒイロは諦めたように呟き、黒い人影はそのまま突っ込むように勢いよくヒイロに抱きつくのだった。

第10話　にんじゃ……？

「イヤァーーーーーッ……って……へ？」

ヒイロに飛び付いた人影は、自分が何かにしがみついていることに気付き、悲鳴を素っ頓狂な声に変える。

ヒイロはチェイスチェーンをしっかりと両手で握っていた為に、甲高い悲鳴から耳を守ることができず、とんでもない耳鳴りで頭の中をグワングワンいわせながら頭をふらつかせていた。

「……あれ？　私、どうなったの……？」

穴から飛び出してきたのは、黒装束を身にまとった小柄な女性だった。頭巾をかぶり口元をマスクで覆っている為に年齢は分からないが、その声や口調から、大分若いことが窺える。

「いきなり超音波発しながら飛び付いてきて、どうなったの、じゃないよ！」

動揺している少女に対し、まだふらつきから回復していないヒイロに代わり、自分はしっかりと耳を塞いでいたニーアが非難の声を上げる。

「えっ？　……あっ、妖精……」

突然聞こえてきた声に驚きながらキョロキョロしていた少女だったが、懐から顔を出す妖精の姿を見つけ、キョトンとした目付きでニーアを見つめた。

自分の目と同じ高さに顔がある少女のぶしつけな視線に、ニーアはムッとしながら睨み返す。

「確かにぼくは妖精で、名前はニーアだけど、あんた誰？」

「えっ……あっ！　御丁寧にありがとうございます。私は見ての通り忍者で、レミーと言います」

ニーアに名乗られ、慌てて丁寧に名乗り返したレミーだったが、ニーアはそんな彼女に訝しげな視線を向ける。

「にんじゃぁ～？　なにそれ、聞いたことないけど？」

懐疑的なニーアに対し、レミーはニッコリと友好的な視線を向けた。

「忍者は、隣国のトウカルジア国のギチリト領で現在盛んに育成されている職業なんです。同じく盛んに育成が進んでいる侍と並んで、人気のある職業なんですよ」

「ダンジョンに忍者と侍ですか……それはまた、出来過ぎた話です。同郷の方が絡んでいるとしか思えない話ですねぇ……私と一緒にこの世界に来たという勇者の方々でしょうか？　いや、そうなると育成時間との辻褄が合いませんね……だとすると、私達の他にもこの世界に来ている同郷の方がいるんでしょうか？」

得意げに答えるレミーに、その内容が理解できずに頭の上にいっぱいクエスチョンマークを浮かべているニーア。一方で、耳鳴りから復活してレミーの話が理解できたヒイロは、この世界には今回召喚された勇者以外にも同郷の人がいるのかとボソボソ呟きながら首をひねる。

突然聞こえてきた声に、レミーは驚きながら見上げてヒイロの顔を確認すると、自分が今、何に掴まっているのか気付いて目を大きく見開いた。

「ああっ！　スミマセン！　私としたことが、はしたない真似を！　すぐに離れますね」

「ややっ！　ダメです！」

「今離れたら大変なことになるよ！」

慌てて離れようとするレミーを、彼女以上に慌ててヒイロとニーアが制止する。その様子に、しがみつく手の力を緩めようとしていたレミーが不審そうに眉をひそめた。

「……一体、どういうことです？　……まさか！　ふしだらな理由でそんなことを……」

「そんなつもりは毛頭ありません……下を見ていただければその理由が分かりますよ」

ジト目で睨みつけてくるレミーに、満員電車で痴漢の冤罪を受けた気分になりながら、ヒイロが慌てて下を見るように促す。

した。

「下……ですか？」

言われた通り下を見たレミーだったが、ちょっと見てすぐにヒイロの方へと視線を戻した。

「別に何も無いじゃないですか。高さのことを言ってるのなら、これでも忍者学校を卒業した身です。このくらいの高さなら怪我も無く降りられます！」

自分の力量を甘く見られているとでも思ったのか、レミーは若干苛立ちながら険のある口調で言い返したが、そんな彼女にヒイロとニーアは揃ってかぶりを振った。

「違いますよ。もっとよく見てください」

「うん。じゃないと後悔するよ」

「え～……よく見ろと言われても、黒い地面があるだけじゃ……ない……ですか……ひぃいぃ！」

どうやらレミーも気付いたようだ。下を見ていたその目を大きく見開き、短い悲鳴を上げながらヒイロの腰に回していた腕に力がこもる。その、少女のものとは思えない力に、ガハッとヒイロの口から身体の中の空気が押し出された。

「ちょ……レミーさん、力が強いです！　この状況でベアハッグは……グハッ！　……きつい……」

ヒイロの懸命（けんめい）で悲痛な声はレミーには届かなかったようで、彼女は落ちないように腕に力を込めながら下を凝視し、身体全体を小刻みにガタガタと震わせ始めた。

「とりあえず落ち着いてください！　このままでは、私の口から内臓が飛び出てしまいそうです！」

　声を荒らげたヒイロの言葉に、レミーは顔を上げて怯えた視線を向ける。

「だって！　アレ、Ｇですよ！　あんなのがわんさか下にいるのに、落ち着ける訳ないじゃないですか！」

「だからこそ、落ち着いてください。それに声が大きいです。奴等に気付かれ……」

　ヒイロの言葉が途中で止まる。その視線はレミーの胸元に釘付けになっていた。

　そんなヒイロの視線に気付き、レミーは彼の顔と自分の胸元を交互に見た後で顔を赤らめて非難の視線をヒイロへと向けた。

「こんな緊急時に、一体何処を見てるんですか！」

「いえ、そんなつもりは……ただ、貴方の懐から今にも落ちそうな物は一体なんですか？」

「えっ？　何って……」

　ヒイロに言われて再びレミーが視線を落とした瞬間、彼女の胸元の合わせ目から一本の苦無が零れ落ちる。

「「「あっ！」」」

　三人が緊張の面持ちで見つめる中、彼等の感覚ではまるでスローモーションのようなスピードで苦無は落ちていき、一匹のGの頭にサクッと小気味好い音を立てて直撃した。

その瞬間、辺りに微かに響いていたカサカサという乾いた音が消え、静けさが訪れる。

恐怖から口を噤んで身動き一つせずに様子を見守っていた三人に、地を蠢いていた者達の感情が一切読み取れない視線が一斉に集まった。

「「「!?」」」

――暫しの静粛。

今、何らかのアクションを取れば、奴等が一斉に飛びかかってくるのではないかという恐怖と緊張が全員の心を支配する中、三人は身動き一つできずにジッと身体を硬直させる。

そんな唾を呑み込む行為も躊躇われる時間をどれくらい過ごしただろうか。

初めに耐えられなくなったのは、やはり、つい最近まで命に関わることとは無縁だったおっさんだった。

極度の生理的嫌悪感で恐怖と緊張が限界に達したヒイロは、自分の頭の中でプチッと何かが切れる音を確かに聞いた。その瞬間、ヒイロの心の中に渦巻いていた恐怖心が一気に薄れ、自分の意思に反して笑い声が零れ始める。

「……くっ……くくっ……ははは……あっはははははっ！」

突如高笑いしだしたヒイロに、ビックリしてニーアとレミーが視線を向ける。しかし、そんな視線など気付かずに、ヒイロは高らかに声を上げた。

「たかが虫ごときが私を怯えさせるなど、おこがましいのです！　貴方がたなど、私が存在を消し去って差し上げましょう！　１００パーセント！」

ヒイロが切れた勢いで【超越者】を全解放すると、感情など無い筈のG達が本能的に危険を感じたのか、怯えたように一斉に身を屈めて身構えた。その、一動作で飛び立てる態勢のGの群勢を見て、ニーアとレミーが恐怖に息を呑む。

が、切れたおっさんは一向に怯まない。不敵な笑みで眼下のG達に手の平を向け、すかさず魔法を発動させる言葉を高らかに叫んだ。

「ファイア！」

【超越者】の制御の範疇から外れてしまったヒイロの発動の声に応え、手の平の先に、自重の無い巨大な炎が出現する。

地面にも達する程の巨大な火の玉は、まるで小型の太陽のように辺りに苛烈な熱を撒き散らし、そのあまりの熱量にレミーが悲鳴を上げた。

「ひゃいぃいぃい！　熱っ⁉　火遁の術にも耐えられる熱耐性を持つ黒装束を着てるのに何でこんなに熱いんです⁉　何ですかこのふざけた熱量は！」

「んー、ヒイロが本気になっちゃったみたいだから、こんなの可愛い方じゃないかな」

熱さに喘ぐレミーと違い、装着者のMPをガンガン消費して温度調整を行っているヒイロの服の恩恵を彼の懐で受けているニーアは、のほほんと答える。その精神状態はともかく、ヒイロが本気になった時点で、ニーアの中では既にGへの脅威は無くなっていた。

「これが可愛いって……一体全体、どれだけ魔力を持っているんですか！　大体、何でニーアさんはそんなに平然としてられるんです？」

「あー、ぼく？　ぼくはヒイロの服の温度調整機能のお陰で快適だから」

「‼　そういうことは早く言ってください！」

ニーアの言葉に光明を見出したレミーは、早速ヒイロの腰から足の方にズルズルとずり落ち、今度はコートの裾に頭を突っ込みながら登り始めた。

「グヘッ！　レミー、何すんの！　胸元の布が引っ張られて、ぼくが締め付けられるじゃないか！」

レミーがヒイロの背中の方からコートと背広の間に身体をねじ込んでいる為に、コートの布とともに背広の布も後方に引っ張られる。結果、ワイシャツと背広の間に納まっていたニーアの全身が締め付けられていた。

「申し訳ありませんが我慢してください……でないと私が、蒸し焼きにされそうなんですう！」

レミーは謝りながらも必死に背中をよじ登り、最後にはヒイロと背中合わせになる形でコートの襟首からスポッと顔を出すと安堵の表情を浮かべた。

「ふぅ～、本当です。快適ですね」

「ぼくは快適じゃなくなったよ！　磔にされてる気分だ」

レミーがホッと一息つき、ニーアが身動きが取れなくて苦しんでいる一方で、ヒイロはそんなことには一切気が回らない精神状態だった。

　普段の彼に似つかわしくない、邪悪で狂気すら感じ取れる笑みを顔に刻んだヒイロは、自分をここまで追い詰めた諸悪の根源に裁きの鉄槌を下そうとしていた。

　既にその頃には、G達は熱から逃れる為に折り重なりながら壁際へと逃げ、黒いドーナツ形を形成していたのだが、ヒイロは構わずにポッカリと空いたドーナツの中心部に向けてファイアを放る。

「ふっふっふっ……地獄の業火を味わいなさい」

　悪役じみた静かな口調で放たれた超巨大なファイアは、地面にぶつかると楕円に押し潰れ、そして四散した。

　押し潰れた時に床を這う波のように壁際へと向かった火と、潰れた反動で四方八方に飛び散った細かい火の玉に囲まれ、G達はどんどん焼かれていく。あるGは火に焼かれながら地べたを這いずり回り、またあるGは全身を燃やしながら滅茶苦茶に宙を飛び回った。

「うわー……恐ろしい光景ですね」

「……うん。いくらGでも、少し可哀想な気がしてきたよ」

「ふっはっはっはっ！　皆燃えてしまいなさい！　ファイア！　ファイア！　ファイ

ア‼」

地獄絵図を思い浮かばせるその様相に、ニーアとレミーは苦笑いを浮かべながら棒読み気味に感想を述べる。そして、ヒイロは高笑いをしながら、無事なGを見つける度にファイアを投げつける作業を繰り返していたのだった。

「……これを私が？」

焼け死んだGの死骸が大量に転がる中、地面に降りたヒイロが自分を指差しながら尋ねると、その顔前でニーアがコクリと頷く。

「私としたことが……」

自分の所業をほとんど覚えていなかったヒイロは、思わず頭を抱えた。

地面からはまだ、あちらこちらでプスプスと煙が立っており、熱気が辺りに充満している。

「うわー……本当に地獄絵図ですねー」

ヒイロが正気を取り戻して降り立つ前に、その背から抜け出して先に地面に降りていたレミーが、少し離れた場所で辺りの惨状を見回しながら若干引き気味に言葉を発する。

彼女の何気無い呟きが耳に入り、ヒイロの気持ちが更に沈んで猫背気味だった背中が一層丸まる。

「G相手とはいえ、これはさすがにやり過ぎですよね……私はどうかしてたんです」

「いや、ヒイロの戦い方は、いつもやり過ぎ感満載だから」

沈んでいるヒイロに、やけに嬉しそうなニーアの一言がとどめとなり、丸まりきった背中をビクッと震わせた彼は恨めしそうにゆっくりと顔を上げた。

「ぐっ……確かにそうかもしれませんが……って、ニーア。随分と嬉しそうですね？」

空中でスキップでも踏みそうなニーアにヒイロが小首を傾げると、彼女はその口元を緩ませながら嬉しさを吐き出すように含み笑いを漏らした。

「ふへへ〜パーティっていいもんだね。今の殲滅でぼくのレベルが28も上がったんだ」

「なるほど、それはよかったですね。それならば、私も暴れた甲斐があったというものです」

一応利もあったということで幾分か気持ちを回復させたヒイロは、背筋を伸ばすと、惚けながら辺りの惨状を見回しているレミーへと視線を向けた。

「ところでレミーさん」

「ほへっ？」

突然呼ばれて間の抜けた声とともに振り返るレミーに、ヒイロは言葉を続ける。

「レミーさんはどうしてここに落ちてきたんですか？」

「私ですか？　私はとある方の護衛依頼を受けて、一緒にこのダンジョンに入ったんですが、その方が魔物を見てすぐに逃げ出してしまって……その時に護衛のリーダーからしんがりを申しつかったのですが……」

「他の人はレミーに魔物を押し付けて、さっさとそいつを追い掛けていって、一人残されたと」

自分の言葉を受けて呆れたように続けたニーアに、レミーは元気無くコクンと頷く。

「それって、いつのことなの?」

「……三日前です」

「「えっ!」」

レミーの返答に、ヒイロとニーアは揃って驚きの声を上げる。

「と言うことは、レミーは三日間もこのダンジョンを彷徨ってたわけ?」

「はい。私の申しつかった任務は魔物の足止めでしたから。と言っても、ここの魔物は私一人では倒せないものばかりでしたから、引きつけてダンジョンの奥へと誘導していったんですが、必死に逃げるうちに道に迷ってしまって……最後は疲れ切ったところに出てきた魔物から逃げようとして、ランダムの落とし穴にハマってしまったんです」

「ランダム?」

レミーの言い様に引っ掛かりを覚えたヒイロが聞き返すと、彼女はコクンと頷いてみせた。

「ここのダンジョンはあちらこちらに落とし穴があるんですが、その全てがランダムに発動する仕組みになっているんです。私はそれに気付いていたんですが、魔物に追われて慌てて踏んだ落とし穴がたまたま発動してしまって……」

「まぁ、忍者の罠解除率なんてたかが知れてますしねぇ」

ヒイロが元の世界のゲーム知識を引き合いに出してポロッと口にしてしまうと、レミーが憤慨して、彼に食ってかかった。

「失敬な！　わたしの【罠発見】と【罠解除】のスキルは優秀なんです。ここの落とし穴は全て完全カラクリ式だったから、解除に時間が掛かってしまうのであえて解除しなかっただけです！」

フーッ！　と威嚇する猫のように息を荒らげるレミーの勢いに押されて、失言でプライドを傷付けてしまったと猛省したヒイロは何度も頭を下げる。

「……分かってくれればいいんです」

それを見て、レミーは口を尖らせながらも、一応はヒイロを許すのだった。

「ところで、レミーさんは隣国の方だと聞きましたが、冒険者なんですか？」

許してもらったタイミングで、さっさと話題を変えてしまおうとヒイロがそう話を振ると、レミーは遺恨を残さなかったらしく素直に答え始める。

「はい。自分の腕を磨きたくて、知り合いがいないこの国に来たんです」

「それでランクは？」

「Dランクです」

「「…………」」

レミーのランクを聞いて、ヒイロとニーアが微妙な顔で押し黙った。

実は昨夜、冒険者ギルドの副ギルドマスターであるアメリアに冒険者としての注意事項を聞いていた彼等は、その中に護衛依頼の話があったのを思い出していたのだ。

曰く、身分が高い者からの冒険者への護衛依頼には二種類ある。一つは手持ちの腕利きの護衛が少人数のために、現地調達で高ランクの冒険者を雇う場合。もう一つは、戦闘要員兼、非常時に自分が逃げる時間を稼がせる為の捨て石を雇う場合。前者はBランク以上の冒険者を雇う場合が多く、後者はCランク以下の冒険者を雇う場合が多い。

アメリアはそう説明した後、だから低ランクの内は護衛の依頼は受けない方がいいと教えていた。

ヒイロとニーアはその実例を目の前にして哀れみの眼差しを向けていたが、やがて真実を教えてあげようとニーアがレミーに近付き肩に手を置いた。

「レミー、君は捨て石に使われたんだよ」

突然真実を告げられたレミーは、何を言われたのか分からなかったのかキョトンとした顔をニーアに向けたが、彼女が静かに頷くと、やっとその意味を理解して徐々に目を見開いていく。そして、最後には大きな声で叫んだ。

「えぇー！　だって、あの方は私を指名してくれたんですよ！」

「指名って……ギルドでレミーをって言ったの？」

「いいえ、ギルドで掲示板を見ていた私を指差して『あいつでいい』って……」

「それ、指名じゃなくて適当に選んでるから」

ニーアの的確な突っ込みに、レミーは愕然となりながら肩を落とした。

「ううう……折角の御指名だと思ったのに……報酬はどうなるんだろ？」

「三日も経ってますからねぇ、護衛失敗と判断されて支払われない可能性が高いのではないでしょうか」

「えぇっ！　わたしもう、お金無いのに……」

グゥゥゥ！

レミーがガックリと肩を落とすと、それに応えるように盛大にそのお腹が鳴った。

恥ずかしそうに慌ててお腹を押さえるレミーを見て、ヒイロが眉をひそめる。

「レミーさん、三日間このダンジョンを彷徨ったと言ってましたが、その間に食事は？」

「非常用の食料を一食分は持ってましたけど、もう食べちゃいました。契約では一日だけという話だったんで余計な分は持ってこなかったんですぅ。お金も無かったし……」

ションボリとしながら話すレミーを見て、ヒイロは深いため息をつく。

「食料をお分けするのはやぶさかではないのですが、こんな所で食事というのも何ですから、外に出ませんか」

　さすがに大量のGの死骸に囲まれて食事はしたくないと、出口だと思われる穴を指差すヒイロに、レミーは元気よくコクコクと何度も頷いた。

　地面に空いていた横穴から続いていた通路は、しばらく進むと岩を削って作られた螺旋階段に繋がっていた。途中、ヒイロの起こした厄災から逃れたGがちょこちょこ現れたが、外に出たら食事という餌をぶら下げられたレミーが腰の後ろに差した片刃の短刀を一閃し、血走った目で次々に屠っていく。

　そしてしばらくして、一行は螺旋階段の頂上の先にあった扉の前に辿り着いた。

「さて、この先が更なる地獄に繋がってなければいいのですが」

「不吉なこと言わないでよ」

　その言い様にニーアから文句を言われながら、ヒイロは慎重に扉を開いていく。そして――

「ここは……このダンジョンの入り口ですか？」

　唖然とするヒイロの言葉に、後に続いて出てきたニーアとレミーが無言で頷く。

　扉を出ると、左手に薄暗いダンジョンの通路が延びており、右手には外の景色を映し出した穴がポッカリと空いていた。

「入ってすぐの所だよね、ここ」

「ですね。こんな所に隠し扉があったなんて……入ってすぐの壁なんて調べもしなかったから、分かりませんでした」

拍子抜けする三人の背後で扉は勝手に閉まり、扉の外側の岩肌偽装の為に、何処に扉があったのか見ただけでは分からなくなる。

実は、このダンジョンを遠い昔に作った製作者は、双六の振り出しに戻る的な発想で、ダンジョンのあちこちにランダムで発動する落とし穴を配置していた。それは、運の悪い奴は落ちるという茶目っ気たっぷりな演出のつもりだった。しかし、長い年月を経て落とし穴の出口にGが繁殖してしまい、製作者の意図に反して落とし穴はデストラップと化してしまっていたのだ。

だが、そんな経緯など知る由も無いヒイロ達は、一体何だったんだという気持ちで閉まった扉を無言で見つめていた。

「……拍子抜けもいいところですが、とりあえず出られたのですから、さっさと帰宅しましょう」

扉を見ていても仕方がないと出口へと視線を移したヒイロに、ニーアとレミーも同意し、三人はダンジョンから無事脱出を果たして帰路についた。

第11話　ダンジョンの成果報告会

「ただいまです」

「ただいまー」

「……お邪魔します」

「おう、帰ってきたか……って、おい。一人増えてるな」

例によって酒を片手にソファで寛ぎながら、帰宅したヒイロ達に片手を上げて応えたバーラットだったが、最後におずおずと入ってきた見知らぬ人物に気付き、その人物をマジマジと見つめた。

「あっ……その……私……レミーといいます。よろしくお願いします……」

強面のバーラットからの不躾な視線を受け、レミーは怯えたように慌てながら家主だと思われる彼に失礼があってはいけないと、頭巾とマスクを外して深々と頭を下げた。

レミーの素顔は青みがかった大きな瞳に、筋の通った鼻とそばかす。ウェーブのかかった栗色の髪を背中まで伸ばしており、年齢は十六、七で可愛らしい印象の顔立ちをしていた。

ヒイロは初めて見た彼女の素顔に、忍者に憧れてコプスレをするアメリカ人という印象を受けて、思わず笑みを零してしまう。

そんなヒイロに、立ち上がって軽くレミーに挨拶を返したバーラットが近寄ってくると、その首根っこに腕を回してレミーに背を向けさせた。

「おい、ヒイロ。一体何処であの子を拾ってきた？」

「拾ってきただなんて、失礼ですよバーラット」

「そうだよバーラット。ヒイロはちゃんと餌付けしてレミーを連れてきたんだから」

腰を屈めてヒソヒソと話すヒイロとバーラットに、ニーアが加わりもっと失礼な物言いをする。

確かにヒイロはここに来るまでに、空腹のレミーの為にゴールデンベアの肉（つまみ用に調理済み）やパンなどを与えて、彼女にいたく感謝されていた。それをニーアは餌付けだと思っていたのかとヒイロはムッとする。

「ニーア、餌付けなどとレミーさんを犬みたいに！」

「でも、ぼくにはレミーの見えない尻尾がブンブン振られてたのが見えたなぁ。あれは完全に懐かれてたね」

「だ、か、ら、犬のような比喩は失礼だと――」

「つまり、彼女はヒイロに懐いてここまでついてきたと？」

ヒイロの言葉を遮ってバーラットが言葉を割り込ませると、ニーアはコクリと頷いてみせる。

「そうなんだけど、結局、金無し、宿無しのレミーをヒイロが放って置けなかったっていうのが一番の理由かな」

「なるほど、そりゃ仕方がねえわな」

憤慨するヒイロを無視する形で話を進め、納得する結論に至ったバーラットとニーアは、ちらりとヒイロを見て仕方ないと言わんばかりに重々しく頷く。そんな二人に、ヒイロは別に懐かせるつもりは無かったと思いながらも、レミーが受け入れられる流れを断ち切ることは無いと押し黙った。

そんな三人の密談を、いたたまれない気持ちで一人ポツンと佇んで見つめていたレミーだったが、納得したバーラットが振り返って笑みを浮かべると、安堵した様子で、もう一度深々と頭を下げた。

「じゃあ、行ってくるね～」

レミーの紹介が無事終わり、ヒイロが自分で沸かした風呂から上がってきたところで、入れ違いにニーアとレミーが風呂へ向かう。

「ごゆっくりしてきてください」

すれ違うニーアとレミーを見送りヒイロがソファに座ると、その向かいに座っていたバーラットがすかさず酒瓶を差し出した。

「とりあえず、こいつを頼む」

「エールですか……まあ、居候の身ですから文句は言えませんねぇ」

そう言いながらも風呂上がりの冷たいビールの魔力には勝てないと、ヒイロはホクホク顔でエールが入った酒瓶にコールドをかけてバーラットに返す。

「すっかり生温いエールは飲めなくなってな」

満面の笑みで酒瓶を受け取ったバーラットは早速、それを互いのコップに注いでいく。

その間ヒイロは、時空間収納からエンペラーレイクサーペントを始めとする調理済みのつまみを皿ごと取り出し、次々とテーブルの上に置いていった。

コーリの街に着くまでに何度となく繰り返してきたので、二人は酒盛りの準備を阿吽の呼吸で進めるようになっていた。

「そうそう、こいつもなくっちゃな。ところで――」

エンペラーレイクサーペントの肉に目を奪われていたバーラットが何か言いかけたところで、部屋の扉がガチャリと開く。反射的にヒイロとバーラットが視線をそちらに向ければ、そこには買い物袋を下げたアメリアが立っていた。

「あら、ヒイロさん帰ってたんですね。今日は薬草採取のクエストを受けたと聞きましたが、首尾はどうでした？」

　そう言って買い物袋を足元に置きつつヒイロの右手側にアメリアが座ると、今日一日、当初の予定を大きく外れた行動を取る羽目になったヒイロは、苦笑いしながら後頭部へと手を当てる。

「いやー、東の森に目的の薬草が多く自生していると聞いて行ってみたのですが、早めに結構な数が採れたので途中でダンジョン探索に切り替えたんです。ですが、そのダンジョンがなかなかの難易度でして、気付いたらＭＰが５０００も減ってました」

　一日の行動の報告を、軽い口調で語るヒイロ。しかし、軽いでは済まされない話の内容に、ヒイロの調子に乗せられて笑顔で聞いていたバーラットとアメリアの表情が固まる。

「……東の森のダンジョンだと？」

「……Ｇランク冒険者に東の森の情報を教えるなんて……明日、受付の子に注意しておかないと」

　それぞれに衝撃（しょうげき）を受けた箇所（かしょ）は違ったようだが、バーラットとアメリアは揃って眉をひそめた。

「おい、ヒイロ。ＭＰを５０００も消費したダンジョンってのは、一体どんな所だったんだ？」

　バーラットの質問に、ヒイロはエールをチビチビ飲（や）りながら今日の冒険譚（ぼうけんたん）を語って聞かせる。彼の話を同じく飲み食いしながら聞いていくうちに、二人の表情は段々と呆れたものへと変わっていった。

「東の森のダンジョンと聞いてそうじゃないかとは思っていたが、やっぱりゲテモノダンジョンに潜ってたのか……」

「ゲテモノダンジョン？」

バーラットの呆れ返った呟きにヒイロが聞き返すと、アメリアが代わりに口を開く。

「出現する魔物が、全て生理的嫌悪感を抱かせるものばかりなのでそう呼ばれているんです。でも、魔物のレベルが高いので、高レベルの冒険者を推奨する立て札を立てていた筈ですが……」

「すみません。気にせずに入っちゃいました」

申し訳なさそうに頭を下げるヒイロに、二人は揃って俯きながら首を左右に振ったが、不意にバーラットが真面目な表情に戻り顔を上げる。

「しかし、落とし穴の先に大量のGか……そんな所に落ちたら、レベル云々の問題など関係無しに死亡確定じゃねえか」

「毎年、二桁にのぼる冒険者があのダンジョンから帰ってきてないから、何かあるとは思ってたのよね……落とし穴の情報は入ってきていたけど、引っかかった冒険者は例外無く戻ってこなかったから、その先がまさかそんなおぞましいことになってたなんて知らなかったわ」

「だが、ヒイロがあらかた殲滅したんなら、もうそんなことは無くなるんじゃないか？」

「バーラット、奴等の繁殖力を舐めてはいけません。確かに目に付いたものは全て倒しましたが、全てを倒せたとは思えません、必ず撃ち漏らしがいる筈です。そうなれば、奴等はそんなに時間をかけずに再び増え始めるでしょう」

ヒイロの怖気を誘う推測にバーラットは渋い表情を浮かべ、なんとなく重い空気が辺りに漂う。そんな空気を振り払うように、アメリアは明るい表情で手をパンと叩いた。

「ところで、そんなに大量の魔物を倒したのなら、ヒイロさん達のレベルも結構上がったんじゃないですか？」

無理矢理明るい口調で話の内容を切り替えてきたアメリアの言葉に、ヒイロは曖昧に微笑んだ。

「あー……私のレベルは微動だにしなかったですね。ですが、ニーアは35も上がったそうです」

明るい話題に、アメリアが嬉しそうに目を見開く。

「一日で35も！　ということは、ニーアちゃんのレベルは50オーバーですか。Cランク並みのレベルじゃないですか」

「あそこの魔物は軒並みランクD以上だからな。それにGの大量殺戮を加えれば、そりゃあ、レベルもそれだけ上がるわな。で？　成果はそれだけなのか？」

バーラットの質問に、「それなら他にも」とヒイロが傍に置いていたマジックバックに手を突っ込むと、それを見た二人が慌てて止めに入った。

「待て待て、見せんでいい！　あそこの魔物なんて出されたら酒がまずくなる」

「そうですか？　どうしても持って来る気が起きなかったG以外は多少の無理を押して全て持ってきたんですが……」

「あー……やっぱり持ってきちゃったんですね。まあ、どれもそれなりの値段はしますけど、Gランクのヒイロさんが持ってきたら要らぬ騒動が起きそうな魔物ばかりでしょうから、明日、私が査定しますね」

朝から見るにはヘビー過ぎる魔物の査定を引き受けたアメリアが、引きつった営業スマイルを顔に貼り付けていると、ドアがガチャリと開いた。

「あ～、スッキリした」

「はぁ～、いいお湯でした……って！　お邪魔してます！」

ホッコリ顔でお風呂から戻ってきたニーア達だったが、レミーはアメリアを見つけるとリラックスモードから一変、緊張感を露わにして慌てて頭を下げる。

ヒイロはその様子に、アメリアをバーラットの奥さんとでも勘違いしているなと思い口元をニヤリと緩めた。が、当の本人はそこまで考えが至っていなかったらしく、アメリアは礼儀正しく頭を下げたレミーに笑顔で自己紹介を始め、レミーがそれに恐縮しながら応える。それを見たバーラットがグラスを掲げながら口を開いた。

「おう、上がってきたか。お前らもこっちに来て一杯付き合え」

上機嫌なその一言に、今まで和(なご)やかな雰囲気を醸しだしていたアメリアがキッと睨みつけるようにバーラットへと振り返る。

「バーラット！　二人ともお酒を嗜(たしな)むには若過ぎるでしょう」

「何を言ってやがる。十五を過ぎれば成人だ。別に飲ませても問題あるまい」

「バーラット。飲む飲まないは本人達に任せましょう。無理矢理お酒を勧めるのは酔っ払いの悪癖(あくへき)の一つですよ」

このまま二人に言い争いをやらせていたら、修正の難しい険悪なムードになってしまうと、すぐにヒイロが口を挟む。アメリアどころかヒイロにまで咎められ、バーラットはむう、と唸りながら押し黙った。

ニーアはそんな彼等を気にした様子もなくテーブルの上へ座り、一方のレミーは険悪な雰囲気を垣間見(かいまみ)たことでおずおずとヒイロの隣に座ったが、そこで表面に水滴を作るコップに目を留めた。

「……何ですか、この飲み物は？」

「おっ、やっぱり気になるか？　これは冷えたエールだ」

エールに興味を示したレミーに、仏頂面だったバーラットが機嫌を直して説明すると、彼女は興味津々に目を輝かせながら顔を上げる。

「エールを冷やしたんですか！　飲んでみたいです」

「そうかそうか。よし、飲んでみろ」

上機嫌でレミーにお酌するバーラット。そんな二人の様子を見てヒイロとアメリアは内心嘆息した。このままバーラットのペースに乗せられたら、明日は二日酔いでろくに動けなくなることを知っていたからだ。しかし、自分に合った酒の量を覚えるのも勉強の内と、二人はあえて口を挟まなかった。

「ふは〜！　これ、お風呂上がりに最高ですね！」

「そうだろう。ほれ、もう一杯」

「あっ、ありがとうございますぅ」

エールを美味しそうに飲むレミーと、どんどん勧めるバーラット。そのペース配分を全く考慮していない若さ溢れる飲みっぷりに、明日の朝の目覚めは最悪なものになるでしょうねと苦笑しつつ、ヒイロは話が通じる内に聞きたかったことを聞いてしまおうとレミーに話を振る。

「ところで、レミーさんはある方に雇われたと言ってましたが、どんな方だったんですか？」

「えっ！　え～と……忍者学校の教えでは、依頼主の情報を喋るのは美徳とされていないのですが……」

　ヒイロの質問に、教えを忠実に守ろうとするレミーは口ごもる。そんな彼女にその飲みっぷりが気に入ったバーラットが助け舟を出す。

「依頼主のことをベラベラと喋る冒険者は、確かに信用ならんからな。レミーがここで喋らんでも別に萎縮することはない。聞いたヒイロが悪いんだ」

「むっ、確かに不躾な質問だったかもしれませんけど……」

　先程のお返しと言わんばかりに、ニヤケながらヒイロを悪者に仕立てるバーラット。彼の非難の言葉に、まさか自分をダンジョンに置き去りにした相手をレミーが擁護するとは思ってもいなかったヒイロは、口をへの字に曲げる。

　と、口に手を当ててクスクスと笑って三人の様子を見ていたアメリアが、口を開く。

「確かに、ヒイロさんの行為は誉められたものではありませんが、レミーさんの依頼主については大体の想像はつきます」

　バーラットの意見に同調しながらも、ダンジョンで一人取り残されたという話を先程の自己紹介で聞いて、その依頼主について当たりをつけていたアメリアは言葉を続ける。

「おそらく、どこかの貴族のご子息ね。今、貴族のご子息の間で、自分のレベルを上げるのが流行ってるみたいですから」

「自分のレベルを上げるんですか？　聞く分には悪いことには思えませんが？」

困ったことのように語るアメリアに、それのどこが悪いことなのか分からないヒイロが疑問をぶつけると、彼女はふぅっと大きくため息をついた。

「本当に自分を高めたいというのであれば、それは立派な志なんでしょうけど、彼等が求めているのは上辺だけのレベル上げなんです」

「上辺だけ？」

不思議そうなヒイロに、アメリアは力強く頷く。

「バレると咎められるので、親には内緒で自分のポケットマネーで冒険者を雇いパーティを組んで、彼等に戦わせることで自分のレベルを上げる。それで、その高さを貴族のご子息同士で自慢し合ってるみたいなんです」

「それはまた……酔狂なことが流行ってるものですね」

そんなことのために雇われる冒険者はたまったものではないだろうというヒイロの言葉に、アメリアは「本当に」と頬に手を当てながら頷く。

「流行りの根源は、首都にいらっしゃるベルゼルク卿のお孫さんが、若干五歳でレベル10超えを果たし、それを他の貴族のご子息が羨ましがったことらしいんですが……」

「五歳でレベルが10ですか!?」

「ベルゼルク卿のところは代々、王族を護ることを使命としてきた家系だからな。ガキの頃からスパルタ教育で鍛えられるんだよ」

　驚くヒイロに、バーラットがエール片手にその内情を話した後で、面白くなさそうに顔を歪めた。

「まったく、強さは男の憧れだろうが、レベルを上げてもスキルレベルも上げねぇことには、強くなったとは言えねぇんだけどな」

「確かにそうかもしれませんね。ちなみにバーラットのスキルのレベルはどのくらいなんですか？」

　どさくさに紛れて興味津々な様子で聞いてくるヒイロに、バーラットは眉間に皺を寄せる。

「普通は人のスキルレベルなんて聞くもんじゃねぇぞ。まあ、武術系スキルくらいなら教えても構わんが……」

　酒の勢いでそう口走った彼に、ヒイロ以外にもニーアとレミーも興味深い視線を向けると、バーラットは仕方がなさそうに口を開いた。

「【槍術（そうじゅつ）】が３８６、【格闘術】が２９２、【剣術】が２３１、【短剣術】が２０４、【斧術】が１９２だな」

「ふわ～……とんでもないレベルですねぇ」

　バーラットがＳＳランクだと知らないレミーが、スキルレベルの高さに驚いて目を見開き、レベル自体には驚いていなかったヒイロも、その種類の多さに驚く。

「槍以外は使ってるところを見たことありませんが、思いの外、いろいろな武器を使っていたんですね」

「武器系はそれぞれの鍛錬を積めば覚えられるスキルだからなぁ。まあ、なんだかんだ言って槍が一番使い勝手がいいから普段はそれしか使ってねぇがな。ヒイロはどうせ【格闘術】だけだろ」

「ええ、私は【格闘術】が85だけですね」

「えっ！」

ヒイロの告白に、彼のまだぎこちなさが取れない動きならそんなもんだろと踏んでいたバーラットとニーアは納得して軽く頷き、戦いっぷりを知らないアメリアは静観する。しかし、唯一レミーだけが動揺して声を上げた。

「ちょっと待ってください……二桁程度の格闘術のレベル補正で、軽く拳を振るっただけで帰り道にいた魔物を倒していたんですか？　ヒイロさんの筋力って一体……」

「まあ、そんなこたぁどうでもいいだろ。ほら、コップが空じゃないか。まずは飲め」

「えっ……あっ、はい！　いただきます」

まだ、ヒイロの規格外っぷりの片鱗しか見ていない為に狼狽するレミーに、面倒臭いことになりそうだからと、その場をごまかそうとバーラットがエールを勧める。そしてそれを断れないレミー。

バーラットの意図が読めた為に彼の行動を止めない他の面々の生暖（なまあたた）かい視線に見守られて、このやり取りはレミーがグデングデンに酔い潰れるまで続けられた。

第12話　ショッピング

「ヒイロさん……ありがとうございました……」

ゲテモノ魔物の査定で疲れ切り、それでも笑顔だけは忘れないアメリアに見送られ、ヒイロとニーアはホクホク顔でギルドの査定部屋を出る。

「いやー、結構な稼ぎになったたね」

「でも、やっぱり解体しておいた方がよかったんじゃないですかね。なんか、アメリアさんに余計な負担をかけてしまった気が……」

歯を食いしばってかなり無理をしながら魔物の査定をしていたアメリアの様子を思い出したヒイロは、罪悪感に苛（さいな）まれて顔を曇らせながらそう呟く。しかしニーアは、少し同情したような表情を見せながらも、それでも仕方がないと言わんばかりに肩を竦めてみせた。

「しょうがないじゃん。マジックバッグを持ってるのに、魔物を解体して持ち歩いていたら変に思われるだろうし」

ニーアの言い分に、ヒイロは「そうですよね」と力無く頷く。

実際、倒した魔物をその場で解体する冒険者は少なくない。いや、ほとんどの冒険者がそうしてると言ってもいいだろう。しかしそれは、持ち帰る荷物を少なくする為であり、マジックバッグを持っているとなれば話は違ってくる。

マジックバッグは体積ではなく、個数で容量が決められている。その為、容量的に一つで済む解体前の魔物を、わざわざ解体して個数を増やす行為は不自然なのである。もっともヒイロは、実際はマジックバッグではなく、そんな制約は一切無い時空間収納という魔法を使っている。その力を隠す為だけにアメリアに迷惑をかけたかと思うと、どうしても申し訳ない気持ちが湧いてきてしまっていた。

「大体、ディザスターモウルの時に解体したら不自然だって気付いたのはヒイロじゃないか」

「そう、なんですけどね……」

「おう、お前ら。査定の方はどうだった」

ヒイロがニーアに苦笑いでそんな歯切れの悪い返事をしていると、カウンター向かいのテーブル席の傍にいたバーラットが、二人に向かって手を上げた。

「ああ、バーラット。換金は上々でしたけど、アメリアさんに余計な負担を強いてしまいました」

「ヒイロは気にし過ぎなんだよ」

一度気にすると引きずるヒイロと、気持ちの切り替えが早いニーア。歩み寄ってくる二人の言い合いで全てを察したバーラットが鼻で笑った。

「そんなことを気にしてんじゃねぇよ。アメリアはそれが仕事なんだから」

「だよね」

バーラットの嘆息混じりの言葉にニーアが同調すると、ヒイロも気を取り直して顔を上げる。

「そう……ですよね。ところで、今日こそはコーリの街を案内してもらえるんですよね？」

気持ちの切り替えついでにヒイロが前々からの約束を切り出すと、バーラットはバツが悪そうにそっぽを向いた。

「あー、すまん。その約束を果たしたいのは山々なんだが……このジジイに捕まってしまってな」

バーラットの歯切れの悪い言葉に、ヒイロとニーアが視線を彼の顔から下方向にずらしていくと、その足元に小柄な老人が立っていることに気付いた。

老人はバーラットの腰の高さ程の背丈で、白髪をオールバックにし、鳩尾辺りまで伸びた見事な白い髭をたくわえている。服装は白い年季の入ったローブで、手には自身の身長を超す捻れた木の杖を持っていた。

彼は好々爺然とした顔をヒイロ達に向けていたが、その表情を崩さずに突如、持っていた杖でバーラットの脛を打ち据える。

「いってえぇぇ！」

突然のことに、バーラットが脛を押さえながら大声を出すと、老人は片眉を上げて静かに口を開く。

「ジジイとはご挨拶じゃな、小僧」

「痛えじゃねえか！　ジジイが嫌ならてめぇなんかクソジジイで十分だ！」

にこやかな顔を決して崩さなかった老人は、バーラットに更なる悪態をつかれ、立派な白眉に隠れた目を光らせる。

「相変わらず、口の減らないガキじゃ！」

ゴッ！

「ってぇ！」

脛を打たれて片膝をついていたせいで老人の射程に入った頭頂部に杖が炸裂し、バーラットは頭を押さえて蹲る。

「うわっ、痛そうー」

「バーラット……大丈夫ですか？」

「こいつは、頑丈さだけは一丁前じゃから、大丈夫じゃ」

その音から痛さを想像して口を押さえるニーアと、自業自得とは思いつつもバーラットの下に近付こうとしたヒイロの前に、いつの間にか老人が立ち塞がっていた。

「……貴方は一体……」

バーラットに気を取られていたとはいえ、目の前にいながらその動きが見切れなかったヒイロは、目をパチクリさせて老人を凝視する。そんなヒイロの驚愕の視線を受けて、老人は楽しそうに笑みを浮かべた。

「フォーフォホホホ。儂はここのギルドマスターをやっとるナルスティヤーという者じゃ」

「ギルドマスター……そうでしたか。私は――」

「ヒイロ殿とニーア殿じゃな」

目の前の老人がギルドマスターと知り、慌てて挨拶を返そうとしたが、自分達の名前を先行して言われ、ヒイロは驚きで言葉が詰まる。そんな二人の様子に、ナルスティヤーは更に相好を崩した。

「フォーフォホホホ。儂がヒイロ殿達の名前を知っていたことが不思議かな？　バーラットとともに現れ、一方は冒険者になるには高年齢で、もう一方は人間の街に現れること自体が珍しい妖精となれば、儂が知らん方が不思議じゃろ」

愉快そうに語るナルスティヤーに、ヒイロとニーアは曖昧な笑みを浮かべつつ互いの顔を見合わせた。二人とも、まさかギルドマスターにまで名前を覚えられているとは思ってもいなかったのだ。

「ヒイロ殿達とはゆっくり話をしてみたかったところじゃが、今日はちと急ぎの用があってのぉ。すまんが、今日のところはこやつを借りていくぞ」

御老人の、柔和ではあるがどこか異を唱えさせない雰囲気のある申し出に、ヒイロとニーアは曖昧な表情のまま無言で脇に避けて道を譲る。ナルステイヤーは一度頭を下げた後で、蹲るバーラットの襟首を掴んで引きずるようにカウンターの奥へと消えていった。

「はー……バーラットが完全に手玉に取られてるところなんて、初めて見たよ」

「ですねぇ。バーラットでも頭が上がらない人がいたんですね」

バーラットを引きずるナルステイヤーの様子を呆然と見ていた二人だったが、その姿が消えると、この後どうするかという話題が立ち上がる。

「さて、バーラットが連れていかれちゃったけど、これからどうしようか？　昨日みたいにクエストを受ける？」

ニーアの言葉に、ヒイロは顎に手を当て考え込むが、懐が暖かいことを思い出し妙案が浮かんだ。

「そうですねぇ……それも悪くはありませんが、どうせなら街の散策を兼ねてニーアの魔道書でも買いに行きませんか？」

「えっ！　魔道書を買ってくれるの！」

眼前に来て驚くニーアに、ヒイロはコクリと頷いてみせる。

「元々、そのつもりだったんですよ。その為にバーラットに案内してもらいたかったんですが、仕方ないので片っ端からそれらしい店を見て歩きましょう」

目を輝かせながら宙を舞ってひとしきり喜んだニーアは、ヒイロの懐にスポッと納まる。

「そうと決まったら、早く行こ！」

冒険者ギルドの出口を指差して急かすニーアとともに、ヒイロはコーリの街へと出かけていった。


「で？　俺に用ってのは一体何なんだよ」

冒険者ギルドの最奥に設けられたギルドマスターの部屋。その一角に備えられた来客用のソファにどかっと腰を下ろし、バーラットは不機嫌そうに向かいのソファに座る老人を睨みつける。

その、弱者なら震え上がって腰を抜かしてしまいそうな凶悪な視線を正面から平然と受け、ナルステイヤーはただ笑っていた。

「まあ、そう急かすな。今、茶を準備させとる」

「ちっ！」

目を背けながら舌打ちするバーラットを見て、ナルステイヤーはより一層笑みを深める。

「フォーフォホホホッ、最近は大人しくなって年長者の自覚が芽生えてきたと思っておったが、まだまだ悪ガキの顔が覗いておるのぉ」

「ほっとけ！　性格なんて、そうほいほい変わってたまるか！」

からかわれていると分かっていても、バーラットはこの老人に突っかからずにはいられなかった。

冒険者になりたての頃、向こう見ずなバーラットを常に押さえ込んできたのは、他ならぬ、当時からギルドマスターの座に就いていたナルステイヤーだった。そのお陰で、今も彼は五体満足で冒険者をやっていられるのであり、本人もそれは重々承知している。しかしながら、月日が経った現在でも頭を押さえ込まれているという屈辱が、どうしても感謝を上回ってしまっているのだった。

（そういえばこのジジィ、あの頃から姿形がさっぱり変わってねぇが、今何歳なんだ？）

若い頃を思い出し、そんなどうでもいい疑問がバーラットの頭を過ると同時に、部屋のドアがノックされた。

「おっ、茶が来たようじゃの。どうぞ」

「失礼します」

ナルステイヤーの了承を得て、お盆に紅茶の入ったカップを載せて部屋に入ってきたのは、アメリアだった。

アメリアはバーラット達に近付くと、無駄の無い所作(しょさ)でテーブルの上にカップを並べ始める。そのカップの数を見て、バーラットが顔をしかめた。

「おい、何でカップの数が三つなんだ？」

「なーに、これから話す話の詳細(しょうさい)の説明を、アメリア嬢(じょう)に手伝ってもらおうと思ってのぉ。お前も儂と二人っきりでは落ち着かんじゃろ」

ナルステイヤーがそう言うと、テーブルにカップを並べ終わったアメリアがバーラットの隣にチョコンと座る。

「ちっ、ギルマスと副ギルマスで囲んで、俺に断らせない包囲網(ほういもう)でも作ったつもりか？」

「そんなつもりは毛頭無(もうとうな)い。どうせ、これから話すことは、お前には断れんじゃろうしの」

ソファに横向きに座り、完全に二人に背を向けて不機嫌に吐き捨てるバーラットに、ナルステイヤーは顔から笑みを消し、声のトーンを下げて語りかける。

その、ナルステイヤーにしては珍しい余裕の無い物言いに、バーラットはただならぬものを感じて真剣な表情を老人へと向けた。

「俺が断れねぇって、一体、どんな用件なんだ」

「首都からのお客人が、ここに向かってきておる」

「‼」

　ナルステイヤーの口から出た短い言葉の意味を察して、バーラットの緊張感が一気に高まった。

「今朝方、先触れの方がこの冒険者ギルドにいらっしゃったの」

「先触れが？　この街を治める貴族の下だけじゃなく、ここにも来たって言うのか」

　アメリアの補足情報に、ソファにちゃんと座り直したバーラットが深刻な口調で聞き返すと、彼女は静かに肯定する。

「そうよ。その方は、このコーリの冒険者ギルドに用があってここに向かってるそうよ」

「その方ねぇ……貴族嫌いの俺に断れないって言い切るところをみると、向かってきてるって御仁は上流貴族程度じゃねぇよな……王族か！」

　バーラットの推測に、ナルステイヤーは深刻な顔で頷き、少しの沈黙の後でアメリアが重い口を静かに開いた。

「……フェスリマス王子よ」

「かー！　王族は王族でも直系かよ！」

　アメリアの口から出た名に、バーラットは額に手を当てながら天を仰いだ。

　フェスリマス王子はホクトーリク王国、現国王の第一王子の三男で、つまりは現国王の孫にあたる。本来なら首都から滅多に出ることのない直系の王族がここに向かっていると知って、バーラットは嫌な予感が心の奥底から湧き始めていた。

「これでお主を呼んだ理由が分かったはずじゃ。王族がこの地に……しかも、冒険者ギルドを訪ねてくるとなれば、お前が顔を出さん訳にはいかんじゃろ」

ナルステイヤーにそう諭され、バーラットは俯いて面倒臭そうに頭を片手で掻き毟る。

この時、バーラットの脳裏にはヒイロの顔が浮かんでいた。『もしや、ヒイロの存在が国にバレたのでは？』という考えが一瞬過ったのだが、すぐにその考えは振り払う。

（もしそうなら、先触れは冒険者ギルドじゃなくて俺のところに直接来る筈だ。それ以前に、王族が直接コーリの街に来るよりも、俺を首都に呼べば済む話だしな。つまりは、王族がここに来なければいけない事態が起きたと考えるべきか……）

それはつまり、ヒイロの存在がバレるよりも厄介なことが起きているのでは？　そんな考えに至り、これ以上憶測を逞しくしても仕方がないと、バーラットは真顔になってナルステイヤーに向き直る。

「で？　肝心の用件は何なんだ？」

「そこまでは、先触れの話では分からんかった。じゃが、とにかく高レベルの冒険者を集めておいて欲しいということじゃ」

ナルステイヤーの嘆息混じりの言葉に、バーラットの片眉が不審げに跳ね上がる。

「高レベルの冒険者を集めろだと⁉　まさか、隣国に戦争でも吹っ掛ける気じゃねぇだろうな」

「それなら冒険者ギルドよりも先に、ＳＳランクの貴方に直接連絡が行く筈でしょう。それに、隣国との関係が悪くなっているなんて話、聞いたことが無いわよ」

「それもそうか……じゃあ、一体どんな用があるってんだ……？」

バーラットとアメリアが情報不足から手詰まりになり考え込んでいると、ナルステイヤーが手に持っていた杖の先でカツッ！　と強めに床を突いた。部屋に響く乾いた音で、下を向いて考え込んでいた二人の視線が老人の方へと向けられる。

ナルステイヤーは二人の視線が自分に向いたことを確認して、神妙な面持ちで口を開いた。

「分からんことをここで考え込んでいても仕方あるまい？　アメリア嬢はとにかく、Ａランクの冒険者に声をかけておいてくれ。バーラットは出迎えの準備を頼むぞ」

「分かりました」

ナルステイヤーの指示に、アメリアはすぐさま返事をしたが、バーラットは深々とため息をつく。

「はぁ～、めんどくせぇ……で、フェス王子の到着はいつなんだ？」

「今日の夕方じゃ」

「はぁ？」

ナルステイヤーから告げられた時間のあまりの早さに、バーラットは間の抜けた返事をするのだった。


「ほほぉ……これはこれは……」

「ヒイロ……ここには魔道書は無いと思うよ」

ヒイロの何度目かの道草に、その懐に納まったニーアが焦れたように声を上げる。

コーリの街の大通りに軒を並べた武器屋の店先。そこに並べられていた剣や槍を、ヒイロは腰を屈めて興味深げに眺めていた。

天気はよく、絶好の散策日和。道行く亜人達の姿にも慣れ始めていたヒイロの興味は、大通り沿いに並ぶ店々へと向けられていたのである。

「いや〜、やっぱり武器はいいですねぇ」

「ぼくの話聞いてる？　大体、ヒイロの持ってる武術系スキルは【格闘術】だけなんだから、武器を持っても弱くなるだけじゃん」

「そうなんですよねぇ。バーラットの話では練習すれば使えるようになるみたいですが、私の場合、まずは【格闘術】のレベル上げに専念した方がいいんでしょうね……ああ、私も鉈のような大剣をブンブンと振り回してみたいものです」

「なんでまた、不器用なくせにそんな使いづらそうな武器をチョイスするかな？」

呆れるニーアにヒイロは楽しげに笑って見せる。

「大鎌でもいいですねぇ。大鎌を持って闇夜に紛れながら、私の姿を見たら皆、死んでしまいますよぉ～とか言ってみたいです」

「……大鎌持ってそんなこと言ってる冒険者がいたら、間違いなく衛兵に捕まっちゃうよ……バカ言ってないで、さっさと行こうよ。今日という日は有限なんだよ、こんなことしてたら時間が勿体無いよ」

　また変なスイッチが入り始めていると察したニーアが急かすと、ヒイロは「やれやれ」と重い腰を上げた。

「こういう気になる物が置いてある店を回るのも、結構楽しいのですけどね……昔は欲しい本を探して何軒も本屋さんをはしごしたものです。今はネットで一発ですが、昔は本屋さんごとに特色があって、『何でこんな小さな本屋さんに、こんなマイナーな本が⁉』と、驚きもしたものです」

　ヒイロは若かりし頃を思い出し、懐かしみながら武器屋を後にして大通りを歩き始める。

すると、丁度その進行方向から歩いてきた若い剣士の男と魔道士風の少女の冒険者達と、ヒイロの懐に納まっていたニーアの目が合った。

　最初は楽しげに談笑しながら歩いていた冒険者達だったが、その目にニーアが映ると、笑みに細められていた目が徐々に驚愕で見開かれていく。

「……邪妖精（じゃようせい）！」

「何で邪妖精がこんな所に⁉」

少女が警戒心を露わにしながら半身になって杖を構え、若い男が彼女を庇（かば）うように前に出て、街中だというのに腰の剣の柄（つか）に手をかけた。

（あー……前にもニーアを見てこんな反応をした人達がいましたねぇ……）

過剰とも思える反応を示す冒険者達を前にして、ヒイロが呑気に森で出会ったリックとティーナを思い出し懐かしんでいると、その懐では邪妖精扱いされたニーアが怒りを爆発させていた。

「誰が邪妖精だ！　ぼくはれっきとした妖精だい！」

「えっ？」

「そんなに黒いのに妖精？」

ニーアの憤慨ぶりに、冒険者の二人がポカンと口を開ける。呆けたようになった冒険者達に、怒りが収まらないニーアが更に畳（たた）みかけた。

「黒くて何が悪い？」

「い……いや、悪くはないけど……本当に邪妖精じゃないのか？」

「何処の世界に、人の懐に納まって楽しく買い物をする邪妖精がいるのさ！」

「うっ……それは……」

狼狽え始めた冒険者達に、ニーアが更に怒りをぶつけようと口を開きかけたところで、ヒイロは「まあまあ」と宥めるように彼女の眼前に手の平を持っていきながら、冒険者の二人に歩み寄った。

「ちょっと聞きたいのですが、よろしいでしょうか？」

そのおっとりとした口調に、冒険者の二人は初めてヒイロへと視線を向け、そして無言で頷いた。彼らの了承の合図を受けて、ヒイロは満足そうに頷いた後で言葉を続ける。

「前にもニーアを邪妖精と呼んだ方々がいたのですが、コーリの街ではそんなことを言いだす人はいなかったもので、スッカリ忘れていたんですよね。この違いって、一体何なんでしょう？」

ヒイロの質問を受けて、やっと正常な心理状態を取り戻したのか、冒険者の二人は答えるべく口を開けようとして、周りの様子に気付いて赤面する。

「それに関しては心当たりがありますが、とりあえず場所を移しませんか？」

男にそう言われヒイロが周りを見渡すと、この騒動を聞きつけた人々が遠巻きに自分達へと視線を向けていることに気付いた。

「……そうしましょうか……」

ヒイロの消え入りそうな言葉に冒険者達が頷き、三人は下を向きながらスゴスゴとその場を後にした。

「おーい、レミー。生きてるか？」

一旦自宅に戻ったバーラットは、朝から二日酔いでダウンしていたレミーに貸した個室のドアをノックした。

ガサツなバーラットではあったが、女性の部屋を訪れる時は必ずノックするよう、アメリアから徹底的に躾けられた結果の行動である。

「……あー……バーラットさんですかぁ～……どうぞぉ～」

部屋の中から気怠そうな声が返ってきて、バーラットはゆっくりとドアを開けた。

「どうしましたぁ？　……うっぷっ！　……バーラットさん……」

「レミー、ちょっと聞きたいことが……って、酷い顔だな」

「ははは……すみませんこんな状態で……冷えたエールや果実酒があまりに美味しくて……ついつい飲み過ぎてしまいました……うっ！」

ベッドの上で上半身を起こし、込み上げてくる吐き気を半眼で必死にこらえているレミー。彼女の姿を見て、昨夜はやり過ぎてしまったかと、バーラットは少しだけ、本当に少しだけ反省した。そして、肩に下げたマジックバッグから一本の親指程の薬瓶を取り出し、レミーに向かって放る。

放物線を描いて向かってくるそれを、レミーはそちらに目を向けることなく掴み取り、自分の目の前に持ってきて、中に入っている鮮やかな水色の液体をしげしげと見つめた。

そのよどみない動きを見て、バーラットは「ほぅ」と感嘆の声を上げる。

「何です、これ？」

「二日酔いに効く薬だ。薬剤師に特注で作らせた一品だからよく効く。飲んでみろ」

「へー、それは凄いですね」

抑揚の無い声で感想を述べると、レミーは蓋を開けて一気に飲み干した。その、躊躇の無い行動に、バーラットは呆れ気味に嘆息する。

「おいおい、仮にも隠密、密偵の訓練を受けた奴が、昨日今日会った俺から貰った薬を躊躇無く飲むか？　普通」

「ははは、バーラットさんの表情や心臓の鼓動の速さなんかを加味すれば、嘘を言ってるかどうかなんてすぐに分かりますよ……って、これ本当に凄いですね！　一発で胸のムカムカが無くなりました！」

相手の心拍数まで計算に入れて嘘ではないことを見抜いたレミーの力量に、内心ほくそ笑みながらバーラットは満足そうに頷く。

「だろ。で、調子がよくなったところで聞くがレミー、お前は隠密系のスキルをどのくらいのレベルで習得してる？」

「……なんですか、藪から棒に……」

二日酔いから解放され、すっかり気分がよくなったレミーだったが、突然自身のスキルの話になり、警戒心を露わにしてバーラットを見据えた。そんな彼女にバーラットは臆することなく話を進める。

「いやなに、これから人と会うことになってな。もし、そっち系のスキルが優秀ならちょっと付き合ってもらいたかったんだ」

「……隠密を脇に控えさせて会う人って、一体どんな人なんですか？」

「うーん……一応、昔の顔馴染み（かおなじみ）なんだが、しばらく会ってなかったんで相手の真意が読めなくてな。もしもの場合に備えて保険になってもらいたかったんだよ」

この国の王族に会うという部分をボカしてバーラットは説明する。しかしそんな彼にレミーはジト目を向けた。

「嘘は言ってないみたいですが……全てを言ってる訳でもなさそうですね」

レミーにそう指摘され、バーラットは想像以上の彼女の力量にニヤリと口角を上げる。

「思った以上に相手の心理を読み取る術（すべ）に長（た）けてるようだな」

「そりゃあ、忍者ですから、得た情報の真偽（しんぎ）を判断する術（すべ）くらいは習ってますけど……」

「だとすると、もしかして身を隠す術（すべ）や下手すると暗殺術も……」

「……身に付けてますけど？」

ハッキリとスキルまでは教えないが、その辺は忍者学校のカリキュラムを調べれば分かってしまうことだと、レミーは躊躇気味に答える。彼女とのやり取りに、バーラットは段々と笑みを消し、最後には口をへの字に曲げていた。

「レミー……なんでお前は冒険者なんてやってるんだ？　普通、そんな教育を受けた奴はその国の諜報組織や、暗殺部隊に所属するんじゃないのか？」

もしかして、隣国、トウカルジア国の密偵ではないのかと勘繰ったバーラットの言葉に、レミーは子供みたいにプクーッと頬を膨らませた。

「確かに一緒に卒業した同窓の多くは、その道の手腕を買われて国や貴族の下に就職しましたけど、わたしはそんな影の職業に就きたくなくて冒険者になったんです！」

レミーの子供じみた態度を見て、バーラットは大きくため息をつく。

「じゃあ、何でそんな学校を出たんだよ」

「仕方ないじゃないですか……適性検査で忍者の適性があるって出たんですから。貧乏人には将来の選択肢は多くないんですぅ」

「そうか、適性ね……よし、レミー。やっぱりお前、付き合え」

「えー！」

「えー、じゃねぇよ。宿代と飯代分ぐらいは働け」

「うぐぅ……分かりましたよ」

それを出されては文句は言えず、レミーはもしかして宿代にしては高く付くんじゃないかと思いながらも、渋々頷いた。

「邪妖精は瘴気(しょうき)の濃(こ)い場所を好む魔物で、それが近くに無いコーリの街の周辺には生息していないんです」

コーリの街の大通りにある魔法屋。

たまたま見つけたその店に周囲の視線から逃げるように飛び込んだヒイロは、若い男の冒険者タロスから、何故自分達がニーアを邪妖精と間違えたのか、説明を受けていた。

「つまり、コーリの街の人達は邪妖精に遭遇したことがないから、ニーアに対して警戒心を抱かないということですか？」

「おそらくはそうだと思います。見た目が小さく妖精に近い邪妖精の凶悪性は、たとえ知識として知っていても、実際に対峙してみなければ分からないんです」

自身の経験でも思い出したのか、憎々(にくにく)しげに語るタロスに、ヒイロは「なるほど」と頷いた。

「つまり、私が会ったリック達も……」

「出会った場所はイナワー湖の周辺でしたよね。でしたら、イナワー湖の西にあるカツイアの街から来た冒険者だと思います。あそこの近くには瘴気の森と呼ばれる森があって、邪妖精が多く生息してますから」

「あっ、これなんかどう？」

「う～ん、悪くは無いんだけど、もうちょっと殺傷力が欲しいかな」

　ヒイロ達の会話は、背後から聞こえてきた黄色い声で中断された。

　店内の壁沿いに置かれた天井近くまである高い本棚。そこに隙間無く並べられた魔道書を、すっかり仲良くなったタロスの妹ターニャとニーアがキャイキャイ言いながら物色していた。

「……そうすると、もしかしてタロスさん達もカツイアから？」

「ええ、カツイアからコーリへの定期便の馬車の護衛でこっちに来たんです」

「あっ、ニーアちゃん！　これならいいんじゃない？」

「どれどれ……うん、これならよさそう！　これ、キープしとこう」

　気を取り直して話し始めたが再び中断させられたヒイロは一つ嘆息して、申し訳なさそうにタロスへと頭を下げた。

「なんかすみません。お時間を取らせるような場所に連れてきてしまって……」

「いえ、構いませんよ。カツイアへの定期便の護衛依頼は既に受けてますから、出発までの時間を潰していたんです。妹も楽しそうだし、問題は無いんですが、ヒイロさんは大丈夫なんですか？」

「え～と……何がです？」

　突然タロスから心配され、ヒイロが何のことだと小首を傾げると、彼は無言でニーア達を指差した。ヒイロがその指に導かれるように背後を振り返れば、ニーア達はキープと称して魔道書を十冊近く本棚の前に置かれた棚の上に積み上げていた。

（…………………まさか！）

　しばらくその光景を見つめていたヒイロだったが、ある考えに至り、慌てて近くの本棚から魔道書を無造作に抜き取り値札に目を向ける。

（ファイアアロー……金貨三枚……金貨三枚ぃぃぃ⁉）

　魔道書の裏の右下に貼られた値札を、ヒイロは思わず二度見してしまう。

　ファイアアローは火系の攻撃魔法の中でも初歩の初歩にあたる魔法であり、値段も魔道書の中では安い部類に入る。それですら金貨三枚もすると知り、ヒイロはその値段の高さに目を丸くした。

「魔道書って……高いんですね」

　ヒイロが魔道書を本棚に戻しながら呟くと、タロスは御愁傷様と言わんばかりに笑みを浮かべる。

「そりゃあ、一度覚えれば一生ものですから、値段は張りますよ。それより、予算の方は大丈夫なんですか？」

「今の手持ちは、金貨二十四枚ってところです……」

「それは……微妙ですね。初級ならまだいいんですが、中級の中には大金貨まで届くやつもありますから」

「大金貨‼　二冊買ったら終わりじゃないですか……どっかに中古でも売ってないものでしょうか」

元の世界の古本的な発想でヒイロの口から出た言葉に、タロスは小首を傾げる。

「中古？　あー……ご存じないんですね。魔道書は一度読むと文字が消えてしまうんです」

「なんですとぉ！」

思い違いに気付いたタロスの訂正の言葉にヒイロは思わず大声を上げてしまい、店の奥にいた老齢(ろうれい)の店主に睨まれて慌てて両手で口を塞ぎながら、ペコペコと頭を下げた。

そんな彼の様子に、タロスはクスクスと声を殺して笑った後で言葉を続ける。

「やっぱり知らなかったんですね。魔道書は一読すると、その内容を一生忘れない魔法が魔術師ギルドによって施(ほどこ)されているそうなんです。でも代わりに、魔道書の使い回しを防ぐ為に、読んだ後で消えるような加工を文字に施すそうです」

「はぁー……確かに使い回されれば魔道書は売れなくなるでしょうから、当然と言えば当然の処置なのでしょうが、世知辛(せちがら)いですねぇ。いっそのこと、どこかの魔道士殿に師事した方が安上がりなんじゃないでしょうか」

やっと店主の怖い視線から逃れられたヒイロがため息混じりにそう言うと、タロスはそれも正解ではないという風に首を左右に振った。

「確かにそういう人もいるらしいですが、弟子でない限り、魔道書程ではないにせよ結構なお金を請求されるみたいですよ。それに、その場合は呪文を忘れてしまったらそれまでですしね」

タロスに指摘され、ヒイロはガックリと肩を落としながら、それでもニーアが喜ぶのならと諦めの境地に達した。

「そうですか……やれやれ、これまでの貯えが全部飛んで行ってしまいそうです」

「ははは、魔道士は頼りになりますが金食い虫ですからね。これは冒険者の宿命ですよ」

（私が呪文を知っていればニーアに教えることもできるんですけど、【全魔法創造】さんは呪文までは教えてくれないんですよね……）

ヒイロが珍しく【全魔法創造】に不満な気持ちを露わにしていると、ニーアと楽しそうに話していたターニャが駆け寄ってきて、期待に満ちた目でタロスを見上げた。

「お兄ちゃん、私も魔道書が欲しくなったんだけどいいかな」

「えっ！」

ターニャの無邪気な一言で、今までヒイロを哀れんでいたタロスの表情が凍り付く。そんなタロスの背後に近付き、ヒイロはその耳元でターニャに聞こえないように囁いた。

「予算……大丈夫なんですか？」

「多分、一冊買ったら護衛依頼往復分が飛んでいきます……」

「それは、御愁傷様です」

立場が完全に逆転したヒイロの哀れみの言葉に、タロスはガックリと肩を落として項垂れた。

第13話　王子さまの頼み事

「突然姿を消したと思ったら、また、随分と変わった娘御を連れてきたのぉ」

バーラットがレミーを引き連れて冒険者ギルドのギルドマスターの部屋に戻ると、その部屋の主、ナルスティヤーがしげしげとレミーを見つめた。

「トウカルジア国に、このような姿の隠密に長けた者達がいると聞いたことがあるが……」

「ひゃい！　わたしはレミーと申します！　出身は御看破された通り、トウカルジア国のギチリト領でしゅ！」

ギルドマスターにジロジロ見られ、黒装束姿のレミーがガチガチになりながら噛み噛みに自己紹介すると、ナルステイヤーはジロリとバーラットを横目で睨んだ。

「バーラット、どういうつもりじゃ？」

「いや、相手がどんな目的でここに来るのか分からない以上、不測の事態に対する手段は多い方がいいんじゃないかと思っただけだが？」

悪気が全く見えないバーラットの返答に、ナルステイヤーは眉間に皺を寄せる。

「お主なぁ……隠密なんか控えさせて、王子の機嫌を損なわせたらどうするつもりじゃ」

「心配するな。王子はそんなに器量が狭い方じゃねぇよ」

半笑いでそう答えるバーラットは能天気にしか見えず、ナルステイヤーのこめかみにピシリと青筋が浮かんだ。

「王子がそうだとしても、周りの護衛もそうとは限らんじゃろ！　儂は、余計な誤解を受けるような真似はするなと言っておるんじゃ！」

「そんときゃ、俺がどうとでも言いくるめてやる。余計な心配してんじゃねぇよ！」

「あの〜……」

売り言葉に買い言葉。語尾が荒く、喧嘩腰になり始めたバーラットとナルステイヤーに、レミーがおずおずと控えめに手を上げる。

「何だ？」

「何じゃ？」

二人から同時に鋭い目つきを向けられ、レミーは「ひゃ！」と短い悲鳴を上げて数歩後ずさる。しかしそれでも先程から耳に入ってくる単語が気になり、勇気を出して二人に質問を投げかけた。

「先程から王子という言葉が出ているような気がするのですが、一体、何のことなんでしょう？」

レミーから決死の質問を投げかけられたナルステイヤーは、キッとバーラットを睨みつける。

「……お主、そんなことも教えずにこの娘御をここに連れてきたのか！」

「王子の来訪なんて情報、知ってる奴は少ない方がいいに決まってるだろ。どうせ時が来れば分かることだ、余計な情報は与えないに越したことはない！」

「前情報無しに対面して、緊張で王子に粗相(そそう)したらどうするつもりじゃ！」

「レミーの肝っ玉(きもったま)はそんなに小さかねぇよ！　なあ、そうだろ？」

バーラットに突然話を振られ、レミーは訳も分からずに勢いで「ひゃい！」と答えたが、そんな彼女の様子を見てナルステイヤーは再びバーラットを睨みつけた。

「ほれ見ろ！　今の時点でもう、緊張してるではないか！」

「こいつは本番に強い奴なんだよ！」

バーラットの根拠の無い言い訳をレミーが唖然として聞いていると、その肩に背後から手が置かれる。ビックリして振り返れば、そこには笑顔で立つアメリアの姿があった。

「レミーさん、災難(さいなん)だったわね」

「アメリアさ〜ん」

アメリアから優しく声をかけられ、レミーは緊張の糸が切れてその場で座り込んでしまった。

「あの二人はああなったら長いから、こっちで避難……じゃなくて、休憩していましょう」

「はい！」

ここから離れられるという願ってても無い提案にレミーは一も二もなく頷き、アメリアから差し出された手を握る。

「どうせ、王子がいらっしゃるまでは、まだ時間がありますから」

「へっ？」

アメリアの手を握り立ち上がろうとしたレミーだったが、その一言で動きが止まった。

「あのー……アメリアさん？」

「はい？」

「先程から気になってしょうがないんですが、その王子というのは？」

「ああ、フェスリマス王子のことよ。今日、ここに来られる予定なの」

「ほへっ！」

レミーは忍者学校で各国の要人について一通り教わっている。それ故、フェスリマス王子の名を聞いて瞬時にこの国の現国王の孫であることに気付き、何故そのようなＶＩＰが来る場所に自分が呼ばれたのか分からずに混乱した。

「アメリアさん……何でわたしはそんな大事な時にここに呼ばれたんですか？」

「さあ？　バーラットに何か考えがあるんじゃないかしら」

笑顔で無邪気にそう返され、レミーの顔は今朝の二日酔いの時など比較にならない程青ざめる。

「わたし、バーラットさんからは知人が来るとしか聞かされてないんですが……」

「ああ、それならバーラットは昔、首都に入り浸ってた時期があったから、その時に知り合いになったんじゃないかしら」

もしかして、バーラットが会うのは王子ではなく、たまたま同時期に来る予定の別人ではというレミーの淡い期待が乗った言葉を、アメリアは笑顔でぶった斬る。

その当てにならないフワッフワな情報に、レミーの身体は震え始めた。

「それは……顔見知り程度の関係では？」

「かもしれないわね」

「知人と顔見知りじゃあ、全然違うじゃないですかー！　嫌ですわたし、そんな緊張感漂うこと請け合いの場面に立ち会うなんてぇー！」

レミーの魂の叫びは、アメリアの「まあまあ」という一言であっさりと無かったことにされ、レミーはそのままアメリアに連行——もとい、彼女と連れ立って隣室へと移動することになった。

「フェスリマス王子が街に到着したようです」

アメリアの報告を受け、ナルステイヤーとバーラットは冒険者ギルドの入り口で王子を出迎える為にソファから立ち上がり、部屋から出て足早に廊下を歩く。

レミーは肩を落としながら、アメリアと一緒に二人に続いた。そんな彼女にバーラットが声をかける。

「レミー。お前はとりあえず、他のギルド職員とともに後ろの方に控えていてくれ。もしなんかあったら呼ぶから、その時に俺の下にすぐに来てくれればいい」

「えっ！　後ろの方でコソコソしてればいいんですね。分かりました！」

矢面に立たずに済むと知り雰囲気が一気に明るくなったレミーに、バーラットが顔をしかめる。

「コソコソって……あまり不審な真似はするなよ」

「はい！　よかった。てっきりバーラットさんの脇に控えて、王子様が嘘をついたら教えろ、なんて言われると思っていました」

「ん？　ああ、そんなことさせると思われてたのか。心配するな、もし、相手方が嘘をつくようなら俺の【勘（かん）】が教えてくれる」

「勘……ですか？」

「ああ、そして、その【勘】がお前を控えさせていた方がいいと言ってるんだ」

「そう……ですか……」

バーラットの言う【勘】がスキルだと知らないレミーは、そんな不確かな理由で自分が呼ばれたのかと不信感を露わにする。しかしそれと同時に、前に出なくていいと言われてホッと胸を撫で下ろした。

ギルド会館の前には既に全ギルド職員が集まっており、何事かという周囲の目を気にせずに、正面玄関への通り道を挟むように左右に整列している。

その列に挟まれる形でナルステイヤーとバーラットが玄関扉をバックに並び立ち、背後にアメリアが控える。レミーは自身の言葉通り、ギルド職員の後ろの方で気配を殺してコソコソしていた。

そうして出迎えの準備が整い待つことしばし、大通りの街の入り口の方面からどよめきが聞こえ始める。

「来たようじゃ」

ナルステイヤーの呟きをきっかけに三人がそちらの方に目を向けると、白銀の鎧を身に纏い馬に乗った騎士達に囲まれた、豪華絢爛な馬車がギルド会館へと向かって来るのが見えた。

馬車はともかく、それを囲む騎士の多さにバーラットが目を見張る。

「おいおい、護衛の数が多くねぇか？」

「うむ……百人はおるのぉ」

ナルステイヤーもその数は想定外だったらしく、バーラットの意見に賛同する。

「いくらなんでも多過ぎだろ。あんだけの騎士を連れて来て、一体何をする気なんだ？」

「さて、のぉ……」

騎士百人といえば、護衛というより軍隊と呼んでいい数である。それ故にバーラットの疑問はもっともであり、ナルステイヤーも困惑気味に眉をひそめていた。

そんな二人の正面に馬車が停まり、扉が一人の騎士の手で開けられると、そこから白銀と金色という、美術品のような鎧を纏った十二、三歳くらいの金髪の見目麗しい少年が降りてくる。

バーラットやナルステイヤーを始めとしたギルド職員一同が頭を下げる中、ギルド会館前に降り立った少年はバーラットの姿を見つけ、嬉しそうに顔を輝かせて駆け寄ってきた。

「バーラットおじ様、お久し振りです」

「フェスリマス王子もお元気そうで何よりです」

フェスリマス王子に明るい声をかけられたバーラットは一旦、頭を上げてその顔を見た後で再び深々と頭を下げる。そんな他人行儀とも取れる礼節に則った行動に、フェスリマス王子は慌てた様子でバーラットに話しかけた。

「バーラットおじ様、そのような礼はおやめください。バーラットおじ様にそんなことをされては、私が困ってしまいます」

フェスリマス王子にそう言われ、バーラットは頭を下げたまま王子の斜め後ろにいつの間にか控えていた老騎士へと上目遣いに目を向ける。バーラットの視線を受けた老騎士は、王子の言う通りにしても問題無いという風に大きく頷いて見せた。それを見て、バーラットは頭を上げて大きく伸びをすると、肩に手を置いてコキコキと首を鳴らす。

「そういうことなら、普段通りにやらせてもらいますよ。フェス王子」

「ええ、バーラットおじ様はそうでなくてはらしくありません」

突然フェスリマス王子を愛称で呼ぶバーラットの不遜な態度に、ギルド職員がギョッとしながら冷や汗を流す中、それを見たフェス王子は満面の笑みを彼に向ける。そんなフェス王子の頭に軽く手を置きながら、バーラットは老騎士へと目を向けた。

「と言う訳だ、ベルゼルク卿。多少の無礼は目を瞑ってくれ」

「多少で済むのかな？　バーラット殿。まぁ、バーラット殿の無礼さは騎士団一同が身に染みて分かっておるから、今更咎める者もおらんだろうがな」

老年の、それでいて年齢に似合わない立派な体躯をした騎士は、そう言うとカラカラと楽しそうに笑った。

バーラットの無礼に対し、とりあえずは和やかな雰囲気であることに安堵したナルステイヤーは、王子との挨拶は一通り終わったと判断して、下げていた頭を上げ王子へと目を向けた。

「お初にお目にかかります。私は冒険者ギルド、コーリ支部ギルドマスター、ナルステイヤーと申します」

「副ギルドマスター、アメリアです」

ナルステイヤーが再び王子に深々と頭を下げると、アメリアもそれに倣う。フェス王子は二人から挨拶を受けると「うむ」と頷きながら応え、頭を上げるように指示した。

トップ同士の形式上の挨拶が済むと、バーラットは大通りのギルド会館前を埋め尽くしてしまった騎士団を見渡しながらフェス王子に話しかける。

「で、フェス王子。この仰々しい護衛の数は何なんです?」

バーラットの疑問を受け、今の今まで笑顔だったフェス王子の顔が曇る。そして、意を決するようにバーラットに真摯な眼差しを向けた。

「この騎士団は護衛ではないのです。実は、そのことでバーラットおじ様に頼みたいことがあるのですが――」

　フェス王子がそう切り出すと、すかさずベルゼルク卿が口を挟んだ。

「殿下、その件を話すにはこの場は相応しくありません。どこか落ち着いた所で話された方が……」

　そう言いながらベルゼルク卿はナルステイヤーに視線を投げ掛ける。その視線で彼の意を汲んだナルステイヤーは、すぐにフェス王子に進言するべく口を開いた。

「フェスリマス王子、ギルド会館内に謁見の場を設けております。御足労ではございますが、まずはそちらにお越しいただけませんか？」

「うむ、分かった」

　ナルステイヤーの提案に、フェス王子は王子らしく答える。そしてフェス王子、ベルゼルク卿、バーラット、ナルステイヤー、アメリア、護衛の騎士六名、そしてその後をコソコソとついていくレミーはギルド会館へと入っていった。


「で、頼みたいこととは一体何なんです？」

　値の張りそうな黒檀のテーブルに備え付けられた、これまた重厚な革張りの三人がけのソファの真ん中に陣取り、バーラットは正面に一人座るフェス王子に問いかける。

　ちなみにバーラットの右隣にはナルステイヤー、左隣にはアメリアが座っていて、フェス王子の斜め後ろにはベルゼルク卿が立って控えている。

　ここはギルド会館で一番立派な客室。貴族などを通す部屋である為、建物内で一番防備に向いた位置にあり、防音性にも優(すぐ)れた部屋になっていた。

　バーラットに問いかけられ、フェス王子はその愛らしい瞳に力を込めてそちらに視線を向ける。

「では改めて、バーラットおじ様にお願いがあります。バーラットおじ様、我々とともに冒険者を率(ひき)いてイナワー湖のエンペラーレイクサーペントとの戦闘に加わっていただけないでしょうか？」

　フェス王子のとんでもない申し出に、ナルステイヤーとアメリアは驚愕の表情で固唾を呑み、今出た標的が既に**いない**ことを知っているバーラットは、頬をヒクつかせて二の句が継げなくなる。

　──そうして生まれる沈黙。

　それを破(やぶ)ったのは、フェス王子の視線を正面から受けていたバーラットだった。

　バーラットはヒクつく頬をなんとか押さえながら、もしかして聞き間違いかもしれないという淡い期待を込めてフェス王子にもう一度問いかける。

「ちょっと待ってくれ……今、エンペラーレイクサーペントと戦って欲しいと聞こえた気がしたんですが？」

「はい。途方も無いお願いであることは重々承知してます。ですが、別に倒して欲しい訳ではないんです。僕はどうしてもエンペラークラスの魔物の牙を手に入れなくてはいけないんです！」

力強くそう答えるフェス王子。そのとんでもない申し出が聞き間違いではないと分かり、バーラットを始めとしてナルステイヤーとアメリアも、頭を抱えた。

エンペラークラスは、言わずと知れた、魔物の頂点である。

この世界には現在、十二匹のエンペラークラスが確認されている。中には近隣（きんりん）の人や亜人から神として崇拝（すうはい）されるものもいて、人がどうこうできる存在ではないというのが一般的な認識であった。

「バーラット、一体どうするつもりじゃ？」

「いくら王族からの依頼でも、エンペラーレイクサーペントの討伐なんて、死んでくださいって言ってるようなクエストは出せないわよ」

「そんなこと言われてもなぁ……」

左右からナルステイヤーとアメリアに小声で耳打ちされ、バーラットは困り果てて呟く。

バーラットは、ナルステイヤーやアメリアとは別な意味で悩まされていた。

二人は、どれ程数を揃えても、牙は勿論、鱗（うろこ）一枚すら取ることはできないであろうと悩んでいる。

一方で、エンペラーレイクサーペントが既にヒイロによって倒されていることを知るバーラットは、そのことをヒイロの存在を隠したまま説明できるだろうかと悩んでいたのだ。

三人で答えが出る訳がない事案に頭を悩ませていると、その中でアメリアが意を決したようにフェス王子に向かって口を開く。

「僭越ながら、エンペラーレイクサーペントの牙を必要とする理由をお伺いしてもよろしいでしょうか？」

理由次第では他に代用品があるかもしれない。そんな期待を込めたアメリアの申し出に、フェス王子は重々しく頷く。

「では、私から説明しよう」

フェス王子が了承したことで、彼の背後に控えていたベルゼルク卿が王子に代わり口を開いた。

「これから話すことは、他言無用にして欲しいのだがよろしいか？」

そうベルゼルク卿は話し始め、バーラット達が頷くのを確認するとそのまま言葉を続ける。

「実は今現在、首都センストールの王城は呪術による無差別攻撃を受けている」

「「「はぁ!?」」」

ベルゼルク卿のとんでもない話の出だしに、バーラット達三人は素っ頓狂な声を上げた。

「ちょっと待ってくれベルゼルク卿。王城に呪術攻撃なんて、誰がそんな大それたことを?」

バーラットのもっともな疑問に、ベルゼルク卿は渋面を作りながらかぶりを振る。

「犯人は分かっておらん。攻撃魔法と違い、呪術は目視できんからな。魔力感知系の魔法やスキルで感知し、呪術の発動位置を確認して現場に向かっても、犯人が移動した後で見つけられんのだ」

「かっ! 天下の王城に詰めてるエリートさんが、雁首揃えて犯人一人捕まえられないなんて何やってんだよ」

「全くもって面目ない話だが、呪術は様々な方角から不規則かつ突発的に仕掛けられておる。時期と場所が特定できない今現在、宮廷魔道士や冒険者ギルドに要請して来てもらっている魔道士総出で結界を張り防御するしか術がない状況なのだが、彼等の魔力とて無限ではない。いつまで持つか分からん状態なのだ」

バーラットの叱咤に苦渋の表情を浮かべるベルゼルク卿。そんな彼にバーラットが顔をしかめる。

「おいおい、王城に向かって呪術を放つなんて、国に喧嘩を売ってるようなもんだろ。そんなことを個人でやらかす馬鹿がいる訳がない。どっか他国の謀略なんじゃないのか?」

「それは我々も考えてはおる。しかし今の我が国は、隣国と友好的な付き合いをしているのだ。とてもこのような真似をする国があるとは思えん」

確証も無いのに疑問を投げかけ、国家間に要らぬ亀裂を入れる訳にはいかない、という意味合いも含んだベルゼルク卿の言葉に、一同は押し黙った。

その重苦しい空気の中、フェス王子が心苦しそうに口を開く。

「今、城内で働いていた者八名と騎士五名。そして、レクリアス姉様が呪術にかかり床に伏せっています」

「レクリアス姫が！」

フェス王子の口から出た名にバーラットが目を剥き声を荒らげると、王子は悲壮な表情で頷く。

「はい……回復系に優れた宮廷魔道士の話では、このまま治療を続ければ命を落とす前に解呪する見込みもあるらしいのですが、再び呪術を受ければ、助かる見込みは無くなると……」

「そこで陛下は犯人探しと並行して、魔物の核の魔力を基にした結界を張る魔道具の作成をお命じになられたのだが……城全体を覆う程の結界を作る魔道具となると、材料もレアな物が多くてな。その中でも最も入手困難なのが、エンペラークラスの魔物の牙なのだ」

言葉を詰まらせた王子に代わり、話を継いだベルゼルク卿に、バーラット達三人は天を仰いだ。

現在、ホクトーリク王国内で確認されているエンペラークラスの魔物は三体。北のフィアマウンテンの霊帝。王都の東に位置する小島に住む独眼竜。そして、南のイナワー湖にいた水蛇帝である。

この内、霊帝は霊体である為、物質としての牙の取得は不可能であり、知能が高くコミュニケーションが取れる独眼竜とは国が不戦の条約を交わしている。したがって、消去法で水蛇帝、つまりはエンペラーレイクサーペントに白羽の矢が立ったのだ。そこまで理解したバーラットは、俯くフェス王子を見ながら口を開いた。

「で、何でそんな危険な任務に、フェス王子が同行してるんです?」

バーラットの問い詰めるような言葉に、フェス王子は困ったように眉尻を下げながらも、健気に笑ってみせた。

「これは、僕が自ら望んで志願したことなんです。これだけ危険な務め、取って来いと命じておいて王族が動かないとあっては、配下や国民に示しがつきません」

幼さを残した顔で王族らしく振る舞うフェス王子に、バーラットは深々とため息をつく。

「それは、父君――王太子もお認めになったことなのですか?」

「はい! 父上は、立派に王族としての務めを果たしてこいと送り出してくれました」

「王子が前線で指揮を執るとなれば、騎士達の士気も否応無しに高まりましょう。戦地に赴く決断をなされた殿下の判断に間違いはありません！」

フェス王子を煽るような発言をするベルゼルク卿をバーラットが睨みつける。が、ベルゼルク卿は素知らぬ顔で平然と視線をそらし、その代わりにフェス王子が真剣な面持ちでバーラットを見据えた。

「そういう訳で、バーラットおじ様。どうか、お力添えをお願いできないでしょうか。この通り、お願いします！」

フェス王子に深々と頭を下げられ、どうしたものかとバーラットは頭を悩ませる。

しかしそれも一瞬のことで、王子と同様に王都で可愛がっていたレクリアス姫が呪術の被害に遭っていると知った時点で彼の覚悟は決まっていた。

「フェス王子」

バーラットが鋭く名前を呼ぶとフェス王子は恐る恐る顔を上げ、不安と期待が織り混ざった視線をバーラットに向けた。

フェス王子の不安が増大しないよう、バーラットは柔らかな口調を心がけつつ慎重に言葉を紡ぐ。

「牙の件に関しては、一つ心当たりがあります。少し時間を頂けないでしょうか？」

「？　……バーラットおじ様が何を考えているかは分かりませんが、とにかく時間が惜しいので明朝にはイナワー湖に出立したいのです。それまででしたら……」

「分かりました。それまでに心当たりの成果をお伝えできるよう、動いてみます」

「そうですか！　では、期待してお待ちしてます」

同行するという言質は得られなかったが、バーラットが何かしらの動きをしてくれるという事実にホッとして、フェス王子は笑顔で席を立つ。

「フェスリマス王子？」

突然席を立ったフェス王子に、ナルステイヤーがどうしたことかと声をかけると、王子は申し訳なさそうに口を開く。

「実は、この街の正門でガザグニヤス子爵の使いの者が出迎えに来ていたのを、こちらでの用件を優先したかったので、後で顔を出すから邸で待っているよう言い付けたんです。申し訳ありませんが、この辺で失礼させていただきます」

ガザグニヤス子爵とはコーリの街を統治している貴族で、本来、王族が地方の街を訪れたなら一番最初に顔を出すべき人物である。フェス王子は子爵を待たせてしまったことに罪悪感を持っていたのか、バーラットに名残惜しそうに頭を下げながらもそそくさと部屋を出ていった。

「子爵などいくら待たせようが一向に構わんのだが、殿下は律儀なのだ。来て早々、すまんな」

廊下で待機していた護衛の騎士とともにフェス王子の姿が見えなくなると、侯爵の肩書

きを持つベルゼルク卿が王子に続いて部屋を出ようとする。しかし何か思い出したように
ドアの前で立ち止まり、ソファに座るバーラットを手招きした。
バーラットは怪訝な表情でソファから立ち上がりベルゼルク卿に近付く。
「そういえば王子の手前、なかなか言う機会が無かったのだが、バーラット殿に王太子様
からの伝言があったのだ」
「王太子から？」
耳元で囁くベルゼルク卿に、バーラットも小声で答えながら眉をひそめる。
「ああ、王太子様たっての御希望により、御言葉をそのまま伝えるぞ――『ハッハハハ、
バーラット、いくらお前でも、実の息子のように可愛がっていたフェスの頼みは断れまい。
ザマァないね、お前は大人しくフェスの言うことを聞いていればいいんだよ』」
かつて首都にいた頃によく聞いた、人を小馬鹿にしたような口調を忠実に再現され、
バーラットのこめかみに瞬時に青筋が浮かぶ。更にベルゼルク卿は、人をおちょくったよ
うな表情すらも再現するという芸達者な一面を見せた為に、より一層バーラットの神経を
逆撫（さかな）でした。
本人でなくてもいいから一発殴ってやろうかと、バーラットが思わず拳に力を込めたと
ころで、ベルゼルク卿の表情が真剣なものへと変わり、その声も威厳（いげん）のある大きなものへ
と変わる。

「『と、まぁ冗談はさておき……バーラット、すまないけど君に極秘任務を頼みたい。万が一、水蛇帝から牙を奪うことができないと判断したら、君にはフェスを連れて逃げてもらいたいんだ』」

一転して深刻な口調で言い渡された極秘任務という名の親の子を思う頼みを聞いて、バーラットは一瞬目を見開いた後で苦笑いを浮かべた。

(子煩悩の塊だったてめぇがフェスを前線に送り出すのはおかしいと思っていたが、なるほどな……そういう算段があったのか)

「『君には味方を見捨てて逃げたという汚名を被ってもらうことになるけど、どうか、この頼みを聞いて欲しい』」

ベルゼルク卿はそう締めくくると深々と頭を下げた。その姿は、彼自身の意も入っているのか、とても王太子の真似とは思えない心のこもったものだった。

ベルゼルク卿を通して王太子から頭を下げられ、バーラットの笑みは苦笑から自嘲じみたものへと変わる。

「ふんっ、相変わらず戯けながら人を使うのが上手い奴だ。だが、てめぇの心配など見当違いにしてやるよ」

遠い地にいる王太子にバーラットがそう自信満々に啖呵を切ると、ベルゼルク卿は笑みを零しながら頭を上げた。

「いいのか？　そんな大それた約束を口にして。もしできなければ、王太子様から一生笑い者にされるぞ」

「ああ、もう腹は決まっている。今夜中に全部カタをつけてやる」

「ふふっ、バーラット殿がどのように解決させるつもりか分からんが、その自信、頼りにさせてもらうとしよう」

愉しげにそう言って部屋を出ていくベルゼルク卿の背中を見送った後で、バーラットはナルステイヤー達の方へと視線を向けた。王子達を見送る為に立ち上がっていたナルステイヤーとアメリアは、バーラットの視線に気付き不安げな表情を浮かべた。

「バーラット、お主、ベルゼルク卿に向かってあのような大口を叩いて大丈夫なのか？」

その自信が何処から来ているのか分からないナルステイヤーは、ヒヤヒヤしながらバーラットに問いかける。しかしバーラットはそれには答えずに、無言で手の平を上に向けた右手をナルステイヤーへと差し出した。

「なんじゃ、その手は？」

「金だよ金。今、ギルドでいくら金を引き出せる？」

「はぁ？　金じゃと！」

突然意味不明なことを言いだすバーラットにナルステイヤーが片目を見開きながら驚くと、驚かせた本人は分からないのか？　と言わんばかりに面倒臭そうに差し出していた右手で後頭部を掻く。

「察しが悪いなぁ。牙を買う為に金が欲しいって言ってるんだよ」

「ああ、牙を買う為に金が欲しかったのか…………牙を買うじゃとぉぉぉ‼」

その意味を理解するのにかなりの時間を要しつつ、驚きの声を上げたナルステイヤー。

驚きで固まってしまった彼に代わり、アメリアが前に出てバーラットに迫った。

「バーラット！　貴方は何を言ってるのか分かっている？　エンペラーレイクサーペントの牙なのよ！　そんな物を持っている人がいるというの⁉」

「ああ、一人だけ心当たりがあるんだな、これが。本来ならフェス王子に代金を払ってもらうのが筋なんだろうが、旅先の王子達ではあまり大きな金額は期待できまい。だから、ギルドで立て替えて欲しいと思ってな」

バーラットがサラッとそう言ってのけると、ナルステイヤーとアメリアは絶句した後で互いに顔を見合わせ、何やらボソボソと小声で相談しながら慌てて部屋を出ていった。おそらくギルド内の金をかき集めに行ったのだろうと判断したバーラットは、開けっ放しになっていたドアの方に視線を向ける。

「レミー、いるか？」

「やっと出番なんですか？」

バーラットの呼びかけに応じて、レミーはヒョコッと顔だけ扉の向こうから出す。

「実は……」

「ああ、話は聞いてましたから、その辺の説明は必要無いですよ」

あっさりとそう言い放つレミーに、バーラットは目を剥く。

「……全部聞いてたのか？」

「はい。一言一句逃さずに」

「おいおい……防音性の高いこの部屋で、しかも廊下には王子の護衛も控えてたのにどうやって聞いたってんだ？　お前の気配を消す技術と【聞き耳】のレベルは一体、どんなことになってる？」

「レディにスキルのレベルを聞くのは失礼ですよ、バーラットさん」

レミーの軽口に、『それは年齢の話なのでは？』と思いつつも、バーラットは余計な説明をする手間が省けたと思い直して、用件を伝える為に口を開く。

「レミー、大至急ヒイロをここに連れて来てくれ。今日はクエストを受けてなかったから、多分この街のどこかにいる筈だ」

「えっ？　エンペラーレイクサーペントの牙を持つ御仁の所に行くんじゃあ……」

そこまで言いかけて、レミーは牙を持っているのはヒイロだという事実に気付き絶句した。

驚きの表情のまま固まってしまったレミーに、時間が惜しいバーラットは声を荒らげる。

「いいから、早く連れてこい！」

「はいっ！　……って、この街にいるって言われても、ここ、異様に広いんですけど……」

「だからお前に頼むんだ！　うだうだ言わずに早く行け！」

「ひゃいっ！」

バーラットの一喝を受けたレミーは一目散に駆け出し、もう暗くなり始めた街へと消えていった。

バーラットはその後ろ姿を見送りながら大きくため息をつく。

「なんだかんだ言って、結局ヒイロに頼ることになっちまったな……」

ヒイロにエンペラーレイクサーペントの素材を出すなと言ったのは自分。その自分がそれを欲することになるとは、あの時夢にも思わなかった彼は、自虐的に笑う。

「今回の件で、王族は牙を持っていたヒイロに興味を持つだろう……はてさて、ヒイロの力のことを隠し通して事を運ぶことができるかどうか……」

この難題に、バーラットは腹の底から湧いてくる乾いた笑いを口から出しながら、大いに頭を悩ませるのだった。

第14話　牙の行方は……

「……やっと……見つけ……ました」

　コーリの街を駆けずり回り、やっとのことでヒイロを見つけたレミーは、彼の下へと駆け寄ると、息も絶え絶えにその足元にへたり込んだ。

　魔法屋を出て若き冒険者と別れたヒイロは、ニーアとともにコーリの街を楽しんで回り、暗くなった時点で一旦はバーラットの屋敷に戻っていた。しかし屋敷には誰もおらず、家主不在の屋敷で夕食を取ることに気が引けたヒイロは、ニーアを引き連れて再び街に繰り出して、食堂で軽食を楽しんでいた。

「レミーさん!?　どうしたんですか！」

「なんか、すっごく疲れてるみたいだけど、具合悪くて屋敷で寝てたんじゃないの？」

　時間帯的に小さな店の六つあるテーブル席が全て埋まっている、込みあった店内。

　その喧騒の中でサンドイッチを食べ終わった後の紅茶を楽しんでいたヒイロとニーアは、突然現れたレミーを見て驚きの声を上げた。

「ヒイロさん……牙……牙を！」

疲れ切って息も絶え絶えに語るレミーの途切れ途切れの単語を聞き、ヒイロは小首を傾げる。

「牙とは何のことです？　ゴールデンベアの牙ならたくさん持ってますが……」

「違います！　牙なんです……もう！　とにかく一緒に来てください」

街中でまさかエンペラーレイクサーペントの名を出す訳にはいかないと、レミーは焦れながらヒイロの腕を掴んで立ち上がった。

「えっ、ちょっとレミーさん？」

いきなり腕を掴まれたヒイロは、困惑しながらも「お代です」と時空間収納から銀貨を数枚掴み出してテーブルに置くと、まだ飲んでる途中なのにとブウたれるニーアを懐に納める。そしてレミーに引っ張られるまま店を後にした。

「ううぅ～……自信が無くなりますぅ」

夜もすっかり更け、千鳥足の酔っ払いの姿も目立ち始めたコーリの街の大通りを全力で走りながら、レミーは落胆していた。疲れているとはいえ、彼女は子供の頃からの修練で走るスピードを衰えさせることはない。しかしその全力疾走に、ヒイロは涼しい顔でピッタリとついてきていたのだ。

「レミー、ヒイロの規格外の能力を自分と照らし合わせたら負けだよ」

　ヒイロの懐で、彼の走りによって巻き起こる強風から襟を盾にして身を守っているニーアの言葉に、レミーは悲しげな視線を向ける。

「でも私、忍者なんですよ。今まで死に物狂いで訓練してきたんですよ！　それなのに、ヒイロさんはなんでそんなに余裕でついてこられるんですか！　ううぅ～、同職以外には負けない自信があったのにぃ～」

「いえいえ、レミーさんは大したものですよ。なんせ、ついていくのに20パーセントも使っているんですから」

　悲痛な声で訴えるレミーを励ますつもりでヒイロはそう言ったが、それは逆効果だったようで、彼女の表情がみるみる悲しみに染まっていく。

「何ですか、その20パーセントって！」

　もしその数値が予想通りなら、残りの80パーセントは？　そんな恐ろしい想像に完全に挫けそうになるレミーに、ニーアが呑気に語りかける。

「だから、そこを気にしちゃダメだよ」

「ううぅ～……自尊心がゴリゴリ磨り減っていきますぅ～」

　すっかり肩を落としてしまったレミーと、これ以上、何を言っても彼女を傷つけてしまいそうだと悟り、苦笑いで口を噤んだヒイロ。道行くコーリの人々がその姿を認識できないようなスピードで、二人は大通りを駆け抜けていった。

「おう、遅かったな」

「遅かったな、じゃないです！」

レミーの先導でヒイロ達が冒険者ギルドに入ると、カウンター前でバーラットが陽気に手を上げる。しかし、その軽い口調の第一声が癇に障り、レミーは彼に詰め寄った。

「本当に大変だったんですよ！　コーリの街を隅々まで探し回った挙句、結局ヒイロさん達を見つけたのは五回も前を通り過ぎていた店の中！　しかも、ここに来るまでヒイロさんは涼しい顔で私の全力疾走についてくるし……うぅ～、自信がすっかり無くなってしまいましたぁ～」

「そ、そうか……それはご苦労だったな……」

捲し立てるだけ捲し立てて最後は俯いてしまったレミーに、少し狼狽えながら意味も分からずに労いの言葉をかけたバーラットは、気を取り直してヒイロへと向き直る。

「ヒイロ、ちょっとあっちで話がしたいんだが？　レミーはここで待っててくれ」

「……？　別に構いませんが」

改まった様子のバーラットに少し違和感を覚えながらも、ヒイロは促されるままカウンター裏の廊下を進み、豪華な作りの客室へと入った。

「ここなら防音は完璧だから、人の耳を気にせずに話せる……まぁ、ここの防音を無意味な物にした奴もいたがな……」

バーラットはひとりごつように呟くと、ソファにドサっと無造作に座り、テーブルを挟んだ対面のソファをヒイロに勧めた。

「防音完備の部屋ですか……で、このような部屋でしか話せない話とは？」

高そうなソファに慎重にヒイロが腰掛けると、その懐からニーアが飛び出し、バーラットのいつにない真剣さを感じ取ったのか、無言でソファの肘掛にチョコンと座る。

「話をする前に、まずはこいつを確認してもらいたい」

今、この部屋にいるのは三人だけ。そのことを入念に気配を探って再確認したバーラットは、おもむろにマジックバッグに手を突っ込んで手の平サイズの皮袋を取り出すと、テーブルの上に置いて滑らせるようにヒイロの前に押し出した。

自分の前に差し出された皮袋を不思議そうに見ていたヒイロだったが、バーラットの「開けてみろ」という言葉に従い、皮袋を手に取って紐を解いて中を覗く。

その中には、ヒイロが見たことのない白金色の貨幣が数枚入っていた。

「これは？」

「白金貨だ。八枚ある」

「白金貨！　これが……」

日本円に換算して一枚あたり約一千万円の価値がある貨幣が八枚。突然そんな大金を見せられヒイロが困惑気味にバーラットに視線を向け直すと、彼は突然、テーブルに頭突きでもするのではないかという勢いで頭を下げた。

「バーラット⁉」

「ヒイロ！　そんなはした金では全然足りないのは承知の上だが、それでなんとかエンペラーレイクサーペントの牙を譲ってもらえないだろうか！」

いきなりの平伏にも驚いたが、それに輪をかけてエンペラーレイクサーペントの牙を譲って欲しいなんて言葉が飛び出して、ヒイロは絶句する。しかしながらいつも飄々としているバーラットの真摯な姿を見ているうちに冷静さを取り戻し、息を一つ大きく吐き出した。

「ふぅ～……エンペラーレイクサーペントの素材を出すなと言ったのは他ならぬバーラットでしょうに、その貴方が牙を欲するなんてよっぽどのことが起きてるんですね。よろしければ理由を聞いてもいいですか？」

「実はな――」

バーラットの真剣な口調の説明を無言で聞いていたヒイロだったが、聞き終わると、おもむろに右手を床と水平に突き出した。その腕は、時空間収納に突っ込まれている為に肘から先が消えたように見える。

そしてヒイロが腕を引き抜くと、その先端を握った拳に引きずり出されて、彼の身の丈を超える巨大な真っ白い牙が姿を現した。

「ヒイロ……いいのか？　出すところに出せば、捨値でも大白金貨相当の素材だぞ」

頼みはしてみたものの、そんなにすんなりと理解してもらえるとは思っていなかったバーラットは、念を押すように再確認するが、ヒイロは笑顔で答える。

「バーラットが可愛がっていた子が苦しんでいるんでしょう？　だったら構いません。遠慮無く使ってください」

優しい笑顔でそう言ってのけたヒイロだったが、その笑顔は徐々に苦笑いへと変わっていく。

「いやー、実はニーアに魔道書を買ったら、お金がほとんど無くなって困っていたところなんですよ。この先、換金できる機会があるかどうか分からない素材が大金に化けるなら、こっちもありがたいです……それに、牙はもう一本ありますしね」

ヒイロが二メートルはある牙をバーラットに渡しながらそう言うと、その隣では肘掛に座ったニーアが「いやー」と照れたように笑いながら頭を掻いていた。

「すまん……恩に着る」

「私達はパーティでしょう。そんなかしこまった礼は無しですよ」

「そうそう、堅苦しいのは無しだよ」

バーラットが受け取った牙をマジックバッグに仕舞いながら再び頭を下げると、ヒイロとそれに便乗したニーアが軽口を叩く。それを聞いたバーラットは、頭を上げてニーアをジト目で睨んだ。

「ニ〜ア……何の手柄も立てていないお前がそんな口を利くか？」

「えー！　だって、ぼくとヒイロは一心同体だよ。ヒイロの物はぼくの物なんだよ」

「ニーア……貴方はどこぞのガキ大将ですか……」

胸を張り、不遜な持論を清々しいほどスッパリと言い切るニーアを、ヒイロとバーラットは残念なモノを見るような顔で見ながら、ガックリと脱力して肩を落とした。


コーリの街にある最も格式高い宿屋。

この街に居を構えるバーラットですら今回初めて足を踏み入れたその宿屋の一番上等な一室で、彼は本日二度目の王子との謁見をしていた。

「これは……本物なんですねバーラットおじ様！」

バーラットがマジックバッグから取り出した巨大な牙を見上げて、フェス王子は興奮を抑えきれずに声を上ずらせる。

「ああ、間違いなく本物だ。だが、念の為に鑑定はしておいてくれ」

ナルステイヤーやアメリアの目が無い為に、フェス王子に対する本来の口調であるタメ口になっているバーラット。彼の言葉を受け、王子が嬉々として騎士の一人に牙を鑑定するよう命じていると、その間にベルゼルク卿がバーラットに近付く。

「他ならぬバーラット殿が自信満々に持ってきた品、間違いなく本物なのだろうが、どうやって手に入れてきたのだ？」

「ちょっと持ち主に心当たりがあったんでね。無理矢理買い取ってきた」

軽く言い放つバーラットに、ベルゼルク卿が目を見開く。彼の顔からは、信じられないという心境がありありと見て取れた。

「おいおい、買ってきたなどと簡単に言うが、そんな大金、一体何処から……」

「冒険者ギルドに白金貨八枚を用立てさせてな。それで納得してもらったんだ」

「白金貨八枚！　安過ぎだろ！」

その値段にベルゼルク卿の目は更に見開かれ、バーラットは薄く笑いながら肩を竦めてみせた。

「そうなんだが、事情を話したら気前良く渡してくれたのさ。だから、首都に戻ったらギルドが用立てた分と、牙の値段として足りないと思った分を国から出してもらえればありがたい」

「分かった。戻ったら陛下と王太子に進言しておこう。しかし――」

「こ……これは！　間違いなく本物です！」

牙を鑑定していた騎士の上ずった声が聞こえ、ベルゼルク卿は一旦言葉を切りフェス王子へと視線を向けた。ベルゼルク卿の視線の先では、本物であるという鑑定結果にフェス王子を始めとして、死戦に出る必要が無くなった騎士達が大喜びしていた。

「やはり、本物だったか……これは、素直な殿下はともかくとしても、首都に持ち帰ったら違う意味で大騒ぎになるな」

バーラットへの心配の言葉だったが、それでも自分も危険を冒さずに目的を達成できたことが嬉しかったのだろう。口角を上げながらのベルゼルク卿の呟きに、そうなることは想定済みではあったバーラットが、それでもこれからの面倒事を思い盛大に息を漏らした。

「だろうなぁ……なんせ、エンペラークラスの牙だもんな。国としては出所をハッキリさせたいという運びになるか？　ベルゼルク卿」

念の為の確認の言葉に、ベルゼルク卿は静かに頷く。

「今は呪術騒ぎでそんな余裕は無いかもしれんが、魔道具が完成して落ち着いたら、バーラット殿には出頭命令が出るものと考えて間違いはないな」

ベルゼルク卿の口から想定通りの言葉が出て、やっぱりかとバーラットは肩を落とす。

「はぁ～……やっぱりそうなるよなぁ。そんときゃ、牙の持ち主だった奴も連れて行くよ」

自分が首都に行くことになれば、間違いなく好奇心であいつもついてくると踏んでのバーラットの言葉に、ベルゼルク卿は「うむ」と頷く。

「そうしてくれると、手間が省けて助かる。首都とコーリの街では、早馬を駆使しても片道三日はかかる。バーラット殿から持ち主の情報を聞き出した陛下は、間違いなく直接会って礼が言いたいと仰るだろうからな」

「陛下は物好きだからなぁ。しかし、あいつと陛下が会うのか……面倒事にならなきゃいいが……」

　バーラットのセリフの最後の小さな呟きに、それを聞き逃さなかったベルゼルク卿がギョッと目を見開く。

「どういうことだ？」

「牙の持ち主だった奴は、度が付くほどのお人好しなんだよ」

「ああ、そういう訳か。なるほど、それは陛下がお気に入りになりそうな御仁だな」

　牙の提供者が陛下と折り合いの悪い人柄なのかと心配になったが、その逆だったのだと分かり、ベルゼルク卿は安心して口元を綻ばせながらウンウンと頷く。そんな彼の隣でバーラットが嘆息していると、フェス王子が満面の笑みで駆け寄ってきた。

「バーラットおじ様！　本当にありがとうございます！　騎士達もあんなに喜んでいます。でも、あのような物を一体どうやって手に入れたんですか？」

　もしかしたら物凄い武勇伝が聞けるのでは？　と興奮気味のフェス王子の頭の上に、バーラットが口元を緩めながら手を置く。

「フフッ、あの牙は俺が取ってきた訳じゃないんだよ。だからその話はまた今度だフェス王子。今は、一刻も早く牙を城に持ち帰ることを考えな」

バーラットの言葉に、一瞬落胆した様子を見せたフェス王子だったが、すぐに気を取り直して笑顔になり、「はい！」と元気よく頷いた。


「――と、言う訳で、近々首都に行くことになるかもしれん」

翌日の朝。朝食の席でバーラットが告げた内容に、一同は唖然とする。静寂が訪れた食堂で、言い終えたバーラットは平然とパンを口に運びモグモグと食べ始めた。

「ちょっと待ってくださいバーラット。首都に行くことは構いませんが、王様に御目通りすることになるのですか？　私達も？」

「……あんな、とんでもない素材を王族に渡したんだ。そのくらいの事態は予想していたと思っていたんだが。まさか、全然念頭に無かったのか？」

自分を指差し、慌てた様子で質問するヒイロを、バーラットは口の中のパンをワインで流し込んで、まじまじと見ながら答える。

「……全く思ってもいませんでした。てっきり、渡して終わりだと……首都に行くのは楽しそうですし、バーラットが気にかけているフェス王子様やレクリアス姫様にも会ってみたいですけど、王様との謁見は勘弁して欲しいですね……肩が凝りそうです」

「そりゃあ、俺も似たようなもんだよ。まあ、陛下は気さくな方だ。多少の粗相は気にしないから、そこんとこは心配するな」

俺でも大丈夫だったんだから問題無いとひとしきり豪快(ごうかい)に笑うと、バーラットは再びパンを口に放り込んだ。そんなバーラットに、同席していたアメリアが呆れたように口を開く。

「……エンペラーレイクサーペントの牙の持ち主って、ヒイロさんだったのね」

「誰にも言うなよ」

口の中でモグモグとパンを噛みながらすぐに釘を刺すバーラットに、自分はそんなに信用無いのかとアメリアは少しムッとする。

「言いません！　というか、言える訳ないじゃない……でも、どういう経緯でヒイロさんが牙を手に入れたか知らないけど、それをどういう風に陛下に説明するつもり？」

「………………あっ！」

ヒイロの力を隠し通すことばかりに考えがいっていて、その前提である牙の入手経緯の説明については全く念頭に無かったバーラットが間の抜けた声を出すと、アメリアは眉間に皺を寄せた。

「呆れた……バーラット、貴方そこまで考えてなかったのね」

「いや……その……ヒイロの力を悟られないことばかり考えててな……まぁ、時間の猶予(ゆうよ)

はまだあるし、陛下に会うまでになんかいいアイデアが浮かぶだろ」

彼の楽観的な物言いよりも、言い訳を考えるという言い回しにアメリアは小さく嘆息する。

「いいアイデアって……やっぱりヒイロさんが牙を手に入れた経緯って、途方も無いのね」

「ハッハッハッ、言っても多分信じられんぞ。初めて聞いた時は俺も、開いた口がなかなか塞がらなかったからな」

楽しげにそう語るバーラットと、「いやー」と面目無さそうに頭を掻くヒイロとニーアを見渡し、アメリアは小さくため息をついた後で、キッとバーラットを睨みつけた。

「まったく……いい、バーラット！　くれぐれも陛下のご機嫌を損ねる真似だけはしないでよ」

「分かってるってアメリア。俺だってバカじゃない、そんなヘマはしねぇよ」

何処からそんな自信が出てくるのか、バーラットが得意げにそう答え、アメリアが「どうだか……」と呆れていると、蚊帳の外にいたレミーがおずおずと手を挙げた。

「あの～……先程から首都行きの話で盛り上がってますけど、その話にわたしは含まれているんでしょうか？」

消え入りそうな声に全員の視線がレミーに集まり、彼女は萎縮して小さく縮こまる。そんなレミーを不思議そうに見ていたニーアが小首を傾げながら言葉を発した。

「あれ？　レミーってもう、ぼく達のパーティに入ってるんじゃなかったっけ？」

　本当にそう思っていたのだろう。ニーアはそのまま振り返るように「そこんとこどうなの？」とヒイロとバーラットを見やる。

「ニーア、レミーさんはまだ、私達のパーティに入るとは宣言してませんよ。私としては罠の発見や解除ができるレミーさんが加わってくれれば心強いのですが、こればかりは本人の意思を尊重しないと」

「確かにな……で、レミー。単刀直入に聞くが、お前は俺達のパーティに入る気はあるのか？」

　唐突に聞かれ、レミーは驚きながら自分を指差す。

「ひゃい！　私ですか？」

「他に誰がいるっていうんだ？」

　バーラットに冷静に突っ込まれ、少し呆然とした後でレミーは勢いよく頷いた。

「はい！　入れてもらえるのなら入れてもらいたいです！　……でも、国王陛下との御対面は勘弁して欲しいですぅ。そんなことになったら私、胃に穴が開いてしまいます！」

　今までパーティ運が無かったレミーは、バーラットの申し出に素直に喜んだが、それと同時にお偉いさんとの顔合わせは嫌だと心の底から懇願する。しかしバーラットは手の平をヒラヒラと振りながら、そんなことは大したことでは無いとでもいうような軽い様子で口を開く。

「心配するな。陛下も所詮(しょせん)人だ。慣れればどうってことはない」

「いっ！　慣れる程お会いすることになるんですか⁉」

「あの人は王族にしてはフットワークが軽いからな。ヒイロが気に入られたらちょくちょく城に呼ばれることになる。そうなると、結構会うことになるぞ」

「そんなぁ～！　そんなにお会いしていたら緊張で私、死んでしまいますぅ！」

バーラットが半笑いで語った内容に、レミーは両手を頬に当てムンクの絵のように叫び、その気持ちが痛い程分かるヒイロは、彼女を生暖かい目で見守っていた。

第15話　若者に付き合ってはみたものの……

「ふむ……相変わらずGランク向けのいいクエストは出てませんねぇ……」

冒険者ギルドの依頼書が貼られた掲示板の前。掲示板を凝視している他の冒険者と肩を並べながら、ヒイロは顎に手を当ててクエストを物色していた。

「別に、いいんじゃない？　お金に困ってる訳じゃないし」

「余裕があるからといってそれに頼っていては、堕落してすぐに散財してしまいますよ、ニーア。そんな時こそ慎ましく生きなくてはいけません」

先日、エンペラーレイクサーペントの牙を売って懐が暖かいことに胡座をかくニーアの呑気な一言に、降って湧いたあぶく銭に頼ることを良しとしないヒイロは苦笑いで釘を刺す。

これは、楽観的な性格の妖精と、元の世界で努力が実益に繋がることが無かった苦労人のヒイロとの、根本的な部分からくる考え方の違いだ。だが、付き合いが長くなり始めたニーアは、ヒイロの意を汲んで恥ずかしそうに微笑む。

「そだね。でも、今日はぼくの新魔法の試し撃ちがメインなんでしょ。だったら、クエストはそんなに吟味しなくてもいいんじゃない？」

「でしたら、私がDランクのクエストを受けますので、便乗していただいてもいいですけど……」

ヒイロの言わんとしていることを理解はしたものの、早く新しい魔法を試してみたいニーアの急かしに、一緒に来ていたレミーが控えめに進言する。

今日のレミーは街中で目立つ黒装束姿ではなく、麻の長袖に革の胸鎧、膝丈のスカートという周囲に溶け込んだ姿をしている。そんな影の薄くなったレミーに気付き、ヒイロはポンと手を打った。

「そういえば、今日はDランクのレミーさんも同行していたんですよね」

「その格好だと、影が薄過ぎて忘れてたよ」

「ううう～……忍者としては、影が薄いというのは褒め言葉の筈ですけど、なんか腑に落ちません……」

ヒイロとニーアの物言いにレミーが項垂れていたところに、三人の背後から声がかかる。

「クエストの便乗っていうなら、俺達に便乗しませんか？　ヒイロさん」

その声にヒイロ達が振り返ると、そこにはレッグスとバリィ、リリィの三人組が立っていた。

「レッグスさん？　バリィさんとリリィさんも。なんかお久し振りですね」

「私達は長期のクエストを受けてたんです。ですから、なかなかヒイロ様にお逢いする機会が取れなくて……あら？　こちらの方は？」

ヒイロに擦り寄るように近付き、彼の隣に立つ同性に気付いて不審な表情を浮かべたリリィに、レミーは慌てて頭を下げた。

「わたし、先日、ヒイロさんのパーティに入れてもらったレミーと言います」

「へぇ～、っていうことは、バーラットさんも認めたってことか。俺はレッグスだ。よろしく」

「俺はバリィ。よろしく」

深々と頭を下げたレミーに、レッグスとバリィは友好的に挨拶を返したが、リリィはワナワナと身体を震わせながらヒイロを見る。

「何故……何故ですかヒイロ様！　レミーさんがいいのなら、私もヒイロ様のパーティに――」

「はい、そこまで！」

ヒイロに縋り付こうとしたリリィを、バリィが背後から口を押さえて黙らせながら引きずり離す。

「……リリィさんは相変わらずのようで……」

「すみません、ヒイロさん。リリィには後でよく言って聞かせますので……」

バツが悪そうに頭を下げるレッグスに苦笑しながら頷いた後で、ヒイロは話の軌道を戻す。

「ところで、先程言っていたクエストとは？」

「あっ、これです」

ヒイロに促されて、レッグスは懐から四つ折りにされた紙を取り出す。ヒイロはその紙を受け取ると広げた。

「ん～なになに？　コーリの街周辺の魔物討伐？　随分とフワフワした依頼だね」

「Cランク以上の冒険者用のクエストですね。あれ？　これ、依頼者が冒険者ギルドになってますけど？」

　ヒイロの懐から依頼書を見たニーアと、横から覗き見たレミーがその依頼内容を不思議に思いレッグスを見る。

「ああ、それはね、魔物は放っておくと数が増えていくんで、冒険者ギルドが年二回程こうやって高レベルの冒険者に魔物討伐を依頼するんだよ。成功報酬は無いけど、クエストの期間中、魔物素材のギルドでの買取額が五割増しになるんだ」

「ほう、それはまた太っ腹ですね。ですが、冒険者ギルド的にはありがたみが無いどころか、損するクエストのように感じますが？」

　ヒイロの疑問に、レッグスは人差し指を横に振りながら「チッチッチッ」と否定してみせる。

「それが、冒険者ギルドが高額で買った素材は、商人ギルドが色を付けて買い取ってるんですよ」

「商人ギルドがですか？」

　どう考えても利益にならない行為を商人ギルドがしているとしか思えず、そもそも商人ギルドに対してがめつい印象を持っていたヒイロが驚きの声を上げる。すると、バリィの束縛から逃れたリリィが説明しようとしていたレッグスを押し退ける。

「魔物が街の周りで増えれば、旅人の足が遠のき客が減り、自分達の物資の運搬も困難なものになるんです。つまり、魔物が増えて困るのは冒険者ギルドではなく商人ギルドなんです」

「はは……そうなんですか」

レミーという若い女の子の存在の出現により、いつもより自分をアピールしようと必要以上に近寄ってくるリリィに、逃げ腰になりながらヒイロが苦笑いを浮かべる。するとレッグスが、リリィの首根っこを掴んで後方のバリィに引き渡しながら再び前に出てきた。

「魔物の素材が五割増しって言っても、Aランクの依頼の中にはそれより美味しい依頼はいくらでもあるんですけど、自分達の街の周りが魔物だらけになるのは嫌ですからね。俺達は毎回自主的にこのクエストには参加することにしてるんです」

「ふむ、町内会のゴミ拾いみたいなものですか……このクエストに私達も便乗してほしいと？」

レッグスの背後で「あんまりがっつくとヒイロさんに嫌われるぞ」とバリィから注意を受けてシュンとなっているリリィを横目に、ヒイロがそう確認すると、レッグスは笑顔でコクリと頷く。

趣旨（しゅし）が分かり、ヒイロはニーアとレミーに目配（めくば）せをする。

「どうします？」

「メインが魔物退治なら、魔法を使う機会も多いだろうし、ぼくは構わないよ」

「わたしはヒイロさん達がよろしいのなら」

ヒイロの確認にニーアとレミーが了承し、彼は再びレッグスへと振り返る。

「だ、そうです。という訳で、御厄介になりますね」

「よっしゃあ！」

「ヒイロ様が御一緒なら、文字通り百人力ですわ」

ヒイロの快諾にバリィとリリィが喜ぶ中、レッグスがキョロキョロと辺りを見渡していた。

「ところで……バーラットさんは……？」

「ああ、バーラットなら、今朝アメリアさんと出て行ったので別行動なんです」

尊敬するバーラットは一緒じゃないと分かりレッグスがあからさまに肩を落とすと、彼の後方から不快そうな声がかかった。

「そう、なんですか」

「騒がしいと思ったら、お前達だったか……レッグス」

声の主の姿が見当たらずヒイロがキョロキョロしていると、レッグスが振り返る。その瞬間、レッグスの後方に隠れていた人物を見つけ、ヒイロは目を見張った。

その姿は、黒光りするゴツいフルプレートアーマーに目元以外は全て覆われており、性別すら分からない。口元まで覆うフルフェイスの兜のせいで声もくぐもっており、やはり声から年齢や性別を判断することはできなかった。

　そして、一番の特徴は身長だった。それだけゴツい装備を身に着けているのに、百四十センチ程の背丈だった為に、レッグスの背後にスッポリと隠れて最初はヒイロから見えなかったのだ。

　その身長と装備のアンバランスさにヒイロが絶句している中、レッグスが眉間に皺を寄せて不快感も露わにフルプレートの人物に言葉を返す。

「テスリスか……何の用だ？」

「別に用なんか無いよ。お前達が騒がしいから注意してやろうと思っただけさ。それよりも……そいつらは臨時のパーティメンバーか？」

「だったら、何だっていうんだよ。悪いか？」

　レッグスの肯定にフルプレートの人物はヒイロ達へと顔を向ける。鉄に覆われて余計に冷たく感じるテスリスの視線を受けて、ヒイロは咄嗟に頭を下げた。

「はい、私はヒイロと申します。ランクGのしがない冒険者をしております」

「ぼくはニーア。同じくランクG」

「わたしはレミーです。ランクはDです」

　ヒイロに釣られて全員が挨拶をすると、テスリスは一瞬固まった後で後方に振り返る。

そこにはテスリスのパーティらしき、見るからに強そうな五人の冒険者がいた。

「聞いたか？　Aランクの冒険者殿は余裕かまして低ランクの冒険者とパーティを組むらしいぞ」

テスリスの言葉に、パーティメンバーからドッと嘲り（あざけ）の笑いが起こる。

その様子に、リリィが拳を固めてテスリスに掴みかかろうとしたが、それをバリィが背後から羽交（はが）い締めにして押さえ、レッグスは面白くなさそうに奥歯を噛みながら口を開く。

「テスリス……お前、俺を馬鹿にしたくて声をかけたのか？　いつもみたいに俺を馬鹿にする程度だったら見逃してもよかったが、ヒイロさんを笑いの種にするんなら、こっちにも考えがあるぞ」

剣呑な口調とともに全身から放たれるレッグスの物騒な威圧に、テスリスのパーティメンバーの嘲りは勿論、周りにいた冒険者達の喧騒すら消えた。

周りにいた冒険者達が身の危険を感じてレッグスから距離を取り、円状に閑散（かんさん）としてしまった空間で、平然とレッグスの威圧を受け止めていたテスリスが静かに言葉を発する。

「別にそっちの低ランク冒険者を馬鹿にしたつもりはない。Cランク以上のクエストに低ランク冒険者を誘うお前の驕（おご）りを笑ったんだ。Aランクという肩書きに胡座をかいてそんなふざけたことをしていると、その内足元を掬われるぞ」

テスリスは重々しくそう言い残して、冒険者ギルドから出て行った。

「テスリスの奴、一体なんだっていうのよ！　あれは絶対、レッグスの申し出を受けたヒイロ様も笑い者にしていたわ！」

怒りが収まらず、テスリスが出て行った扉に向かって悪態をつくリリィ。そんな様子を静かに微笑を湛えながら見ていたヒイロは、レッグスへと視線を向けた。

「さっきの方は？　随分とレッグスさんに対して敵対心を露わにしていたようですが？」

「Bランクのテスリスって奴です。実力はあるんですけどね、どうも俺達が先にAランクになったことが気に入らないみたいで、ことあるごとに突っかかってくるんですよ」

「やっかみですか……本当にそれだけですかねぇ」

さっきの捨て台詞に込められたものがどうもそれだけとは思えないヒイロの呟きに、レッグスは頭の上にクエスチョンマークを浮かべながら首を傾げた。

ゲテモノダンジョンがあった森の、更に東に位置する山の中腹。馬車でその裾野まで乗り付けたヒイロ達は、クエストを実行すべく山道をひた歩いていた。

この辺りはコーリの街周辺で一番ランクの高い魔物が多く出現する場所で、レッグス達はここ数日、ここで魔物狩りをしていた。

「ニーアさん、その茂みの後ろです！」

「オッケー、レミー。エアクラッシュ！」

ヒイロ以上の性能の【気配察知】を持つレミーが、前方に見える腰の背丈程の茂みを指差し、そこに向かってニーアがウズウズしながら呪文を唱えていた新魔法を放つ。

茂みに隠れてヒイロ達からは姿が見えない魔物が、圧縮(あっしゅく)された空気で上方から押し潰され、地面に押し付けられながらギャンと短い悲鳴を上げた。

「見事ですニーアさん。ていっ！」

ニーアの魔法で身動きが取れなくなった魔物に、レミーがすかさず苦無を数本投げ込んだ。それで魔物は息絶えたようで、レミーが上げた手にニーアが笑顔でハイタッチする。

「……出番がありませんね」

「それは俺達も同じですよ。まさか、ニーアとレミーだけでこの辺の魔物をこんなにあっさりと倒すなんて……」

ヒイロの呆れたような呟きに、レッグスがため息混じりに答える。ニーアとレミーの連携で倒した魔物はこれで三匹目。新魔法を使いたくて呪文を唱えて待機するニーアと、ヒイロとの初実戦で張り切るレミーがフライング気味に戦闘を始め、そしてあっさり終わらせる為に、ヒイロ達は未だに戦闘に参加できずにいた。

「むむ、ヒイロ様のパーティに入るだけのことはありますね……バリィ兄さんと同じタイプみたいですけど、兄さんより強いんじゃないでしょうか？」

「随分と酷い評価をしてくれるな妹よ。兄はこれでもAランクなんだぞ」

真剣な目でレミーを値踏(ねぶ)みするリリィ。それに対して茂みの陰から魔物の死体を運んできたバリィが非難の声を上げるが、妹の評価を完全に否定することはできず、眉尻を下げ困ったような表情を浮かべていた。

バリィの持って来た魔物は黒豹に似た姿だったが、その目は、大きな一つ目だった。妹に酷評を受けたバリィは、ヒイロに見せるように手に持つ魔物の首根っこを掴み持ち上げる。

「でも、認めたくはないけどリリィの疑問ももっともっすよ。本当にレミーはDランクなんすか？　こいつ、ハイスピードパンサーっすよ、ランクBの」

Aランクの冒険者でも手こずるスピードで有名な魔物を手に、バリィはそれを倒したのがGランクのニーアとDランクのレミーだということで、ヒイロに泣きつくように愚痴る。

基本、魔物のランクは同レベルの冒険者三人程度の戦力で倒せるという基準の元に付けられている。それなのに、これまでニーアとレミーで倒した魔物は、全てランクD以上だった。

「そんなこと言われましても……私もGランクですしねぇ……」

返答しようのないバリィの愚痴に、ヒイロは自分を引き合いに出して肩を竦める。そんな彼にレッグス達は「ああ」と諦めにも似た生返事をした。

「確かにそういえば、ヒイロさんもGランクでしたよね。それ、はっきり言って反則ですよ」

「そおっす。Aランクの俺達が束になってかかっても敵わないヒイロさんが、まだGランクなんてありえないっすよ」

「まあ、私とニーアはまだ冒険者登録したばかりですし、レミーさんもまだ若いですから、経験年数で考えれば仕方がないんじゃないですか？」

レッグスとバリィにヒイロがそう諭すと、二人は内心、それじゃあ俺達は無駄に冒険者人生を歩んできたみたいだと苦笑いで頷く。

「ほら、喋ってないで次行こ！」

男三人でひそひそ話をしていると、早く次の魔法を撃ちたいニーアが両手をブンブンと振りながら焦れたように訴え、三人は顔を見合わせて笑みを浮かべて歩き始めた。

それから一行は低ランクの二人に触発されて奮起したレッグス達と、それに負けじと更に頑張るニーアとレミーの活躍により、次々と現れる魔物を薙ぎ倒し進んでいった。

いつものように騒がしく戦うレッグス達と、意外にいいコンビネーションを見せるニーアとレミー。ヒイロは何もすることが無かったが、それでも若者達の活躍に眩しいものでも見るように微笑みつつ、倒された魔物をマジックバッグ経由で時空間収納に仕舞いながら一番後方を進む。

しかし、崖に面した草木のまばらな開けた場所に出たところで、若者達の快進撃は止まった。

「……何でこいつがここにいるんだ？」

前を行くレッグスの絞り出すような呟きに、ヒイロが皆の間から顔を出して前方を確認する。

ヒイロは最初、単なる岩が一つあるだけだと思った。しかしよく見てみると、岩と同色の四肢と尻尾、そして頭が生えているのが確認でき、岩のような甲羅を持った体長三メートルはあろうかという巨大な亀であることに気付く。

「あれって、確かロックタートルだっけ？」

「ああ、そうだ。あの面倒臭い奴がなんでここにいるんだよ……」

ニーアの問いかけにレッグスが嫌そうに答える。そのレッグスの表情から、あの亀が強敵なのだと判断して、ヒイロは自分の出番もあるのでは無いかとレッグスに話しかけた。

「あの亀、強いんですか？」

「ええ、とにかく硬くてこっちの攻撃がほとんど効かないんですよ。特に刃物系の武器は刃こぼれするので戦いたくないんです。この辺に生息地があるなんて聞いたことがないけどなぁ」

「もしかして、誰かが生け捕りにしたけど、この辺で逃げられたってところじゃないのか？」

ヒイロへの説明がぼやきに変わったレッグスに、バリィが話しかける。

「確か、あの岩みたいな甲羅の中に宝石が含まれてるって話があったたな。ありえない話ではないが……」

「生け捕りにして連れてくる手間が、甲羅の中の宝石で見合うかどうかだよな」

二人で真剣な顔で話し始めたのでそれ以上口を挟めなくなり、手持ちぶたさで二人の話を聞いていたヒイロに、リリィが近寄ってくる。

「ロックタートルはランクAで、レッグスの言った通り骨が折れる相手なので私達は戦ったことはないんです。歩くスピードは遅いので、もし遭遇しても、まず逃げきれますから」

「武器による攻撃は確かに効きそうにありませんけど、魔法はどうなんです？」

魔法専門であるリリィにヒイロがそう尋ねると、彼女は首を左右に振った。

「岩を一撃で破壊するような魔法ならあるいは一撃で倒せるかもしれませんが、私の得意とする水、氷系の魔法は効きにくいと聞いてます」

「ふむ、爬虫類ですから、冷やす魔法は効きそうなんですけどねぇ……」

レッグスとバリィ、ヒイロとリリィでそれぞれに対策を考えていると、待つことに焦れたのかおもむろにニーアが右手をロックタートルへと向ける。

「ニーアさん！　何をする気ですぅ！」

話に夢中になっているヒイロ達は気付かなかったが、唯一、ニーアの動向を見ていたレミーが制止の声を上げ、それに反応して全員がニーアへと視線を向けた。

「エアクラッシュ！」

ヒイロ達の視線を受けながら、ニーアは魔法を放つ。

ニーアの得意とする風系の魔法は斬撃系の攻撃が多く、新しく覚えた魔法もエアブレードの劣化版であるエアナイフや、元々持っていたウィンドニードルの強化版であるウィンドアローなどだ。しかし斬撃は効きづらいと聞いた彼女は、その中で相手を押し潰す効果があるエアクラッシュを選択してロックタートルに放った。

ところが、ロックタートルは魔法を受けてその短い足を少し曲げはしたものの、自身に伸し掛かる空気の圧力を物ともせずにヒイロ達へと向かって歩き始めた。

「ニーア！　何てことしてくれんだぁ！」

こちらに向かって来るロックタートルを指差してのレッグスの悲鳴に近い非難の声に、ニーアは「う～ん、効かなかったか」と反省の色を見せずに頭を掻きながら振り返り、皆を見据えた。

「どっちにしろ、クエスト内容は魔物の討伐なんだから、見つけた以上は無視する訳にもいかないでしょ。だったら、経験してないことをあれこれ考えるよりも、まずは戦ってみればいいじゃん」

「それにしたって、前準備ってもんがあるだろ！」

「レッグス！　言い合ってる暇は無いぞ」

ニーアの言い分も一理あると思いながらも、その短絡思考に声を荒らげるレッグスに、バリィが迫り来る魔物の右に展開しながら叫ぶ。

「そうですね。ロックタートルはこちらを敵と判断してしまったみたいですし、Aランクの私達が無視する訳にはいかないというのも事実です」

リリィも覚悟を決め呪文を唱え始める。

「うぐぅ……仕方がない」

敵が待ってくれない現状での言い争いは確かに得策ではないと、レッグスはバスタードソードを抜き放ち、苦渋の表情でロックタートルの正面に立ちはだかった。

ニーアも新たに呪文を唱え始め、レミーはバリィとは逆のロックタートルの左に回り込む。

「くそっ！　剣が刃こぼれで使い物にならなくなったらどうすんだ。コイツで補填できんのか？」

武器の性質上、一番割りを食うレッグスは、愚痴りながらも剣を振り上げロックタートルの頭目掛けて振り下ろす。しかし、甲羅以外も硬い岩のような皮膚に覆われている為に弾かれ、痺れた手から剣を落としそうになりながら数歩引き下がった。

レッグスの一撃で足を止めたロックタートルに、右からバリィがナイフを、左からレミーが苦無を投げるが、全て甲羅に弾かれる。そこに、呪文を完成させたリリィのフリーズアローとニーアのウィンドアローが直撃するも、ロックタートルは動じずにその歩みを再開させた。

「……こいつ、どうやって倒せばいいんだ？」

全くダメージを受けた様子の無いロックタートルに迫られながら、レッグスは冷や汗を流す。

「倒した冒険者はいるはずだよな」

「大威力の魔法でも使ったんでしょうか？」

左右から隙を窺うバリィとレミーも、装甲の隙間が見つけられずに手をこまねいていた。

「こうなったら、ＭＰが無くなるのを覚悟で一番攻撃力が高い魔法を……」

「ぼくは、もう、お手上げ」

リリィは自身の持つ最大級の魔法の準備を始めたが、勝手に先陣を切ったニーアはこれ以上攻撃力の高い魔法は持っておらず、両手を上げてヒイロの方へと視線を向けた。

ニーアとて、なんの考えもなしにロックタートルに手を出した訳ではない。ヒイロという確固たる勝算があってこその行動であった。当の勝算は、レッグス達とニーア、レミーによる即席の連携について行けず、相変わらず後方で若者達の戦いぶりを見ていたのだが。

しかし、さすがにただ見ていた訳ではない。ロックタートルの攻略法を考えていたのである。

「【超越者】のパーセントを上げれば簡単に砕くことはできそうですけど、それは一般向けの攻略法では無いですよね……私でなくても、レッグスさん達だけであの魔物を倒せそうな方法は……」

王都への出発が決まり、自分がいつもレッグス達の側にいられないことを感じたヒイロは、自分抜きの場面でレッグス達がロックタートルに遭遇してしまった時のことを考える。

後進の為に道を示すことが年長者の仕事。元の世界では無能だった故に何もできなかったヒイロは、それができる今の自分を誇りに思いながら、ロックタートルを見据える。

「亀といったら、弱点はアレですよね。【超越者】20パーセントくらいでできるでしょうか？」

一つ思い付き、ヒイロは【超越者】の力を20パーセントに引き上げ、ロックタートルに向かって歩き始めた。

「レッグス、大技いくわ！　ロックタートルの足止めをお願い！」

「分かった」

呪文を完成させたリリィの言葉に短く応じて、レッグスは長年愛用してきたバスタードソードをダメにする覚悟で、足止めの為にロックタートルの前に立ちはだかる。しかしそんな彼の横をヒイロが悠然と歩いて通り過ぎていった。

「ああ……とうとう、ヒイロさんの御出陣か……Aランクの面子にかけて手を借りずに倒したかったんだけどな」

通り過ぎていったヒイロの気負いのない背中を見て、頼もしく思いながらも自分の不甲斐無(ふがいな)さに苦笑いを浮かべるレッグス。構えを解いて恐らくは命拾いしたのであろう愛剣を肩に担いだ彼の傍に、魔法をキャンセルしたリリィが歩み寄ってきた。

「なけなしのプライドをヒイロ様に示しても仕方がないでしょう、レッグス。ここで無理をしてロックタートルを倒せたとしても、どうせこの後の戦闘では役に立たなくなる程消耗していたでしょうから、どっちにしてもヒイロ様のお手を煩(わずら)わせることになっていたわ」

「ヒイロはいいカッコしいだからね。内心、早く手を出したくてウズウズしてたんじゃない？」

いつの間にかリリィの肩に座っていたニーアは、ヒイロがどうロックタートルを倒すのかウキウキしながら、彼の背中に視線を釘付けにしていた。

若者達の期待を一身に受け、ヒイロはロックタートルに近付いていく。そんなヒイロが間合いに入った瞬間、ロックタートルは首を伸ばして噛み付きにかかってきた。

「おっと！」

突然、一メートル強ほど首を伸ばして噛み付いてきたロックタートルに、ヒイロは驚きながらも右手にサイドステップしてその攻撃をかわす。

「どんな攻撃をしてくると思ったら、思った以上に亀らしい攻撃でしたね。ならば、私の臆測も当たってるかもしれません」

自分の思いつきに期待を込めて、ヒイロはサイドステップした勢いを殺さずに右手からロックタートルの背後に回り込む。そして、首の届かない背後でロックタートルの甲羅の下に手を滑り込ませて力任せに持ち上げにかかった。

「ギイガァァァ！」

ヒイロに突然持ち上げられそうになったロックタートルは、咆哮を上げて四肢を踏ん張り重心を下げる。突然、その重量が増したように感じて、ヒイロは驚きに目を見開いた。

「ぬおっ！　やはり嫌がってますね。ですが、思ったより重い……ならば、【超越者】30パーセントです！」

ロックタートルは地属性の魔物で、魔力によって防御力を増加させることが可能な魔物である。そうした場合、甲羅の岩の強度が増す反面その重量も増し、ただでさえ低い機動力が更に落ちるという欠点があるのだが、ヒイロに持ち上げられようとしてる今、それはプラスに働いていた。

もっともそれも、【超越者】30パーセントの前では無意味だったようだが。

「ていっ！」

【超越者】を30パーセントにまで引き上げたヒイロの緊張感の無いかけ声とともに、ロックタートルはあっさりと尻を持ち上げられ、そのまま裏返しに転がされる。

　ロックタートルは必死に四肢をジタバタさせて起き上がろうともがくが、ヒイロの推測通り自分では起き上がれないらしく、甲羅ほど硬くない弱点の腹を無造作に見せていた。

　そんな脅威が全く無くなってしまったロックタートルの周りに、レッグス達が集まってくる。

「ヒイロさん……豪快ですねぇ……」

「さすがです、ヒイロ様！」

　レミーがヒイロの隣に来てパチクリと目を瞬かせながら、もがくロックタートルを見ていると、その逆サイドではリリィが賞賛を贈る。しかし、それ程の賞賛を受けながらヒイロは不満顔だった。

「いやはや、誰にでもできるロックタートルの攻略法を実践したかったんですが……」

「確かに、裏返せればロックタートルを無力化できることは実証されましたけど……これって、ヒイロさんにしかできませんよ」

「……ですよねぇ」

「転がすのと普通に戦うのと、どっちが労力が少ないか……微妙なところっすね」

　レッグスとバリィは自分達だけでそれを実行している場面を空想して渋い表情を浮かべるが、ヒイロは前向きに考えることにして一息つく。

「それは、工夫次第ではないですか？　罠などで簡単にひっくり返す方法が確立できれば、ロックタートルを倒すのは難しくなります。まあ、それは追い追い考えればいいじゃないですか、それよりもまずはとどめを」

ヒイロはレッグス達にとどめを譲り数歩下がり、近くに生えていた木に手を突いて体重をかけた。

それは、崖の際(きわ)に生えていた木。そして今のヒイロは、【超越者】30パーセントの状態だった。結果、ヒイロの超パワーに押された木はあっさりと崖下の方に傾き、まさか木が動くとは夢にも思っていなかったヒイロの重心は、木とともに崖下の方へと崩される。

「へっ？　…………………だぁぁぁ！」

一瞬の浮遊感を味わったヒイロは、間延(まの)びした表情で間の抜けた声を出すと、そのまま崖下へと落ちていった。

第16話　締(し)めは友とともに

ドスッ！

「ふげっ！」

重い音とともに、ヒイロはうつ伏せの状態で地面に落ちる。

そこは、山の裾に広がる森の中。

「痛たた……なんか最近、落ちてばっかりですね……」

強かに打った鼻を押さえながらゆっくりと立ち上がったヒイロは、ゲテモノダンジョンを思い出しながら上を見上げる。しかし、落ちて来た崖の上は背の高い木々の枝葉に遮られて見えなかった。

「レッグスさん達のことですから、私が抜けても問題無いとは思いますが……」

崖から落ちて本来心配される側のヒイロが、逆に崖の上に残ったレッグス達を心配していると、視線の先に木々の間から飛び出すニーアの姿が映る。

「ヒイロ！　何また落ちちゃってるのさ」

「まったくです。何で落ちてしまうんでしょうね」

自分の肩に座るニーアにヒイロが苦笑いを向けると、彼女は「しょうがないなぁ」と微笑む。

「レッグス達、ロックタートルを倒したらここに降りてくるってさ」

「そうですか。だったら、ここから動かない方がいい……」

ニーアの報告に答えていたヒイロは、【気配察知】に反応があることに気付いて話しながらそちらに視線を向けたのだが、気配の主を視界に捉えてその言葉が止まる。

ヒイロの視線の先にいたのは、木にもたれかかって座る一人の少女の姿。

木々の合間から溢れる日の光に照らされて輝く、腰まで伸びた綺麗な金髪に整った顔立ち。驚きに見開かれた強い意志を感じさせる瞳はヒイロを凝視し、額からは一筋の赤い血が頬へと伝っている。

その姿を見て、ヒイロは血相を変えて少女へと駆け寄った。

「パーフェクト…………ヒール！」

少女には聞こえないように前半部分を唱えてから近付いてパーフェクトヒールをかけると、少女の目はより一層見開かれる。

「ヒール⁉　それにさっき上から落ちて来たように見えたのだが……」

驚きのあまり立て続けに質問を投げかけてくる少女に、ニーアがムッと顔をしかめて口を開く。

「何それ？　そんなことより先に言うことがあるんじゃないの？」

「確かに……少しばかり傷を負って、動けなくなっていたところだったのだ。回復魔法、礼を言う」

ニーアの指摘に律儀に従い、少女はガシャガシャと音を立てながら立ち上がり頭を下げる。

その音の原因である少女が身に着けた装備を見て、ヒイロはギョッとする。それは、小柄な少女にはとても似つかわしくないゴツいフルプレートの鎧だった。

彼女の鎧に見覚えのあったヒイロは、思わず指差しながら叫んでしまう。

「まさか……テスリス！　さん？」

今朝、冒険者ギルドでレッグスに絡んでいた姿を思い出して驚くヒイロに、テスリスは小首を傾げた後で思い出したかのように「ああ」と頷く。

「確か、レッグス達といたGランクの……」

「ヒイロです」

「ニーアだよ。てっきり、背の低いゴツいおっさんかと思ってたけど、こんなちっこい女の子だったんだね、テスリスって」

ヒイロに続けた挨拶で、ニーアの口から出た歯に衣着せぬ発言に、テスリスはムッとする。

「悪かったな、ちっこくて。そう言うニーアもちっこいではないか」

「ふーんだ、ぼくは妖精だからちっこくて当たり前だもん」

勝ち誇るニーアに「ぬぬぬっ」と唸るテスリスをヒイロが困り顔で宥めると、テスリスは仏頂面のままヒイロへと向き直る。

「まったく、人の欠点をズケズケと言いおって……ところで、先程も言ったが、さっき上から落ちて来たように見えたが？」

「ええ、崖から落ちてしまいまして……」

「やっぱり、この崖から落ちてきたのか……それで大した傷も負わずにヒールまで使うとは……なるほどな、レッグスがパーティに欲しがる訳だ。いや、今朝方は失礼した。レッグス達の足手まといだと勝手に思い込み、失礼なことを言ってしまった」

そう言って再び頭を下げるテスリスの姿に、ヒイロは彼女の律儀な性分(しょうぶん)を見る。そして、やっぱり今朝のレッグス達への言葉は、やっかみから出た言葉ではなかったのだなと微笑んだ。

「いやいや、Gランクの私がAランクのレッグスさん達に付いていくというテスリスさんの懸念(けねん)もごもっともでしたから」

「そう言ってもらえると助かる。低ランクの冒険者を引率する為にレベルの低い魔物が出る地域を回るのであれば、私もあんなことは言わなかったのだが、あいつらは自分達の狩場にヒイロさん達を連れていくような口振りだったから」

「ふざけたことをよくする連中だから」と付け加えるテスリスに、ヒイロはワイワイと騒ぎながら戦うレッグス達の戦闘スタイルを思い出し苦笑したが、ふと違和感を抱いて辺りを見回す。

「そういえば……テスリスさんのパーティメンバーはどうしたんですか？　近くにいないみたいですけど？」

ヒイロの疑問に、テスリスは顔を歪めた。

「私達はここでビッグフィアスボアの群れと戦闘していたのだけど、戦況が少し劣勢になっただけで、あいつらは私を盾にして逃げたんだ……」

歯を食いしばり、悔しそうに語るテスリスに、ヒイロはどう声をかけようかと躊躇したが、その肩に座るニーアが無遠慮に口を開く。

「あいつら、テスリスのパーティじゃなかったの？」

「……いや、私は基本ソロだから、今回のクエストの為に臨時で組んだパーティだったんだ」

「それじゃあ仕方ないよね。信用できないメンバーを選んだテスリスが悪いよ」

「……返す言葉も無いな」

ニーアのきつい言葉に、テスリスは苦渋の表情を浮かべながらも素直に頷く。ヒイロは、初対面の相手にニーアはよくそんな痛言をズケズケと言えるものだとハラハラしていたが、テスリスが怒った様子を見せなかったのでホッと胸を撫で下ろした。

「テスリスさんは信用できる仲間を持った方がいいかもしれませんね。レッグスさん達なんかはどうです？　臨時でパーティを組んだとしても、仲間を置いて逃げ出すような方々ではありませんよ」

ここぞとばかりにレッグスを勧めるヒイロに、テスリスは口をへの字に曲げながら視線を向ける。

「確かに腕はいいに違いないが、私は騒がしいのは苦手なんだ……それに、あいつらはAランクだろう。Bランクの私からパーティに誘うのは体裁が悪くて……」

恐らくは、レッグス達と組むという発想はあったのであろうが、自分のランクの方が低い為に迷惑をかけてしまうと考えて言い出し辛かったのでは？　と思ったヒイロはニッコリと微笑む。

「それなら私が口添えしますよ。なーに、私も騒がしいのは得意ではありませんが、慣れればどうってことはないですよ」

ヒイロの言にテスリスは期待と不安の入り混じったような表情を見せ、ニーアは「ヒイロが騒がしいのが苦手ぇ～？」と懐疑的な視線を向ける。

「いや……その……その申し出は悪くはないと思わないでもないけど……GランクのՁ貴方がAランクのレッグス達にそんな進言をして、彼等の不評を買ったりはしないのか？　私なんかの為にレッグス達からの印象が悪くなったら、二度とパーティを組んでもらえない可能性も……」

しどろもどろに期待しながらもヒイロの心配をするテスリスの姿勢に、ヒイロの中で更に彼女の株が上がり、満面の笑みを浮かべた。

「別にレッグス達はそんなことで怒ったりはしませんよ。それに、私には正規のパーティがいますから、レッグス達とパーティを組む機会もそう多くはないですしね」

「正規のパーティ?」

「ええ、このニーアと、今朝私達といたレミーさん。それと……」

そこまで言いかけて、ヒイロは振り返る。

「どうしたんだ? ヒイロさん」

突然会話を打ち切って後方に視線を向けたまま無言になるヒイロに、不穏なものを感じてテスリスが話しかける。

「……テスリスさん。確かビッグフィアスボアという魔物と戦っていたと言ってましたよね?」

「……そうだけど?」

「その、ビッグフィアスボアはどうしたんですか? 見たところ死体は見当たらないようですが?」

「ああ、それなら、倒せてはいないんだ。一人になっては追い払うだけで精一杯だったから……」

テスリスの返答に、ヒイロは後方の木々の合間を見据えたまま「なるほど」と頷く。

「では、まだ近くにいる可能性があるのですね」

「んー、確かにその可能性は否定できないけど、警戒心の強い魔物だから、一回退けられた場所に戻ってはこないはずだ……」

そこまで言って、テスリスはヒイロが見据えた森の先からドドドッという重低音の足音が聞こえてくることに気付いた。

「まさか……戻ってきてるのか！」

慌てて座っていた木の根元に置いてあった自身の身の丈程のバトルアックスを拾い上げるテスリスを背に、ヒイロは肩に乗ったニーアに下がるように指示を出し、ゆっくりと数歩前に出る。

ヒイロから背後を指差されたニーアは、「頑張って～」と緩い声援を残して後方のテスリスの横へと飛んで移動した。

「ビッグフィアスボアって強いの？」

ニーアが呑気にそう問いかけると、バトルアックスを掴んで構えたテスリスは渋面を作る。

「ランクはBだけど、刃を通し辛い硬い毛と分厚い脂肪を持ち、巨体ながらその重量を生かして速いスピードで突進してくる。しかも群れをなしていることが多いから、ランク以上に厄介な魔物だ。ヒイロさんのような軽装では一発食らったら終わり。だから、早く私が前衛に立たないと」

「ちょっと待った！」

背広にコート姿のヒイロは、テスリスの目にはいかにも軽装に見える。彼の身を案じたテスリスは前に出ようとしたが、それをニーアがその眼前に両手を広げながら出て止めた。

「おい、邪魔だ。早くヒイロさんの前に出ないと！」

焦ったようにニーアを手で払おうとするテスリスだったが、ニーアは彼女の手をすり抜けて飛んでいき、額を「えいっ！」と蹴っとばす。

「何をする！」

「何をするもなにも、テスリスに前に出られたら邪魔になるの！」

蹴られた額を押さえ憤慨するテスリスを、ニーアが一喝する。ニーアの勢いにテスリスがキョトンとしていると、その目に木々の合間から走り向かって来る黒い大きな影が映った。

「くっ！　やっぱりビッグフィアスボアか……」

それに見覚えがあったテスリスは、ついさっきまで繰り広げていた死闘(しとう)を思い出し、呻くように喉から声を絞り出す。

「ふむ……あれがビッグフィアスボアですか。大っきいですねぇ」

チロっと背後を見ながら彼女達のやり取りを窺っていたヒイロは、テスリスの口から漏れた名を聞き、正面に向き直って、既にその姿が視認できるビッグフィアスボアを見て苦笑いする。

体高は二メートル程、鼻息荒く土煙を上げて突進して来る巨大な猪の姿は、前に立ちはだかる者を竦みあがらせるのに十分な迫力があった。

「あんなものに立ち向かえる勇気など、私は持ち合わせてなかった筈なんですけどね」

元の世界にいた自分なら、こんな状況に陥ったら腰が抜けていただろうとヒイロは思う。

しかし今の自分は、迫り来る脅威を前に冷静でいられ、更には迎え撃とうとすらしている。

そんな自分にヒイロは苦笑した。

「何故か勇気が湧いてくるんですよね……こっちの世界に来て、神様から力を頂き、若者に頼られ、良い仲間に恵まれ……そういうのが勇気に繋がるのでしょうかね？」

自分の背後には、守るべき若者と仲間がいる。

だからこそ自分はここから退くことはできないと、ヒイロは拳を構えた。

ビッグフィアスボアを迎え撃つ姿勢になったヒイロに、背後にいたテスリスが叫ぶ。

「何を考えているヒイロさん！　ビッグフィアスボアに正面から向き合ってはダメだ！　突進はかわしてやり過ごさないと、いくら崖から落ちても大丈夫な程頑丈でも危険過ぎる！」

彼女の忠告に、ヒイロは目前に迫っていたビッグフィアスボアを見据えたまま、右手を軽く上げてヒラヒラと振り応える。そして不意にその手を力強く握り、敵の左側面に叩きつけた。

――ゴスッ！

それは、短くも大きい打撃音。

テスリスは初め、それがヒイロの拳が出した音とは思えなかった。しかし、直進していたビッグフィアスボアが真横に飛んでいく様(さま)を呆然と目で追って、彼の拳がさっきの音に見合う威力を発揮していることにジワジワと実感を持つ。そして、木に激突(げきとつ)したビッグフィアスボアが動かなくなったのを見定めて、視線をヒイロの背中へと戻すと、彼は何故か、左アッパー打ち終わりの姿勢で固まっていた。

攻撃後、しばらく固まっていたヒイロは、ギギギッという効果音が聞こえてきそうなぎこちない動きで、上げていた左手を下げながら背後を振り向くと、ニーアに視線を向ける。

「……思った以上に威力があってビックリしました」

目を見開き、自分の攻撃の威力に驚くヒイロに、ニーアは宙で腰に手を当てて嘆息する。

「ヒイロ、さっき崖の上で力を上げてたの忘れたの？」

「あっ……そういえば、30パーセントまで上げてそのままでしたね……右の拳で動きを止めて、左のアッパーでとどめを刺そうと思っていたのですが、右の拳が当たった瞬間、魔物の姿が消えてしまい……いやはや、止められずに左アッパーを空打(からう)ちしてしまって、お恥ずかしいかぎりです」

「……今のは……」

自分の失念に赤面するヒイロに、テスリスが身を震わせながら静かに語りかける。

「ん？　何ですかテスリスさん」

その声があまりに小さかった為に聞き取れなかったヒイロが、恥ずかしさを紛らわす為に後頭部を掻いていた手を止めテスリスに注目する。すると、彼女はのしのしとヒイロに近付き、手にしたバトルアックスを地面に放り投げて、その胸ぐらを掴んで声を荒らげた。

「今のは、一体何なんだと言ったんだ！」

「何だと言われましても、魔物を殴って倒した――と答えるしかないのですが……」

「殴って倒したぁ～？　重量のあるビッグフィアスボアを吹っ飛ばしたあの攻撃が、ただ殴っただけの結果だと言うのか⁉」

テスリスの動揺を隠せない、いや隠しもしない質問に、無言で頷くヒイロを、彼女は未知のモノを見るような目で見る。

「……ありえない……そんな攻撃をする奴が何でGランクなんだ？　いや、それ以前にAランクであったとしても、人である以上そんな攻撃はありえない……ヒイロさんは突然変異で小型化したジャイアントとか、人に変化したドラゴンじゃないだろうな？」

「いえいえ、私はれっきとした人ですよ」

「だったら……」

テスリスの尋問じみた質問の声が途中で止まる。凄い圧力で問い詰めてきていたテスリスの動きが突然止まったことで、ヒイロは不思議に思い、泳がせていた視線を彼女に向けてみた。すると、テスリスはヒイロの胸ぐらを掴んだまま、彼の背後の方を凝視していた。

その行動に小首を傾げるヒイロの耳に、先程聞いた重低音の足音が複数聞こえてくる。

「……テスリスさん」

「何だ？　ヒイロさん」

「先程、ビッグフィアスボアは群れで行動することが多いと言ってましたよね」

「ああ、家族単位、十匹前後で行動することが多い魔物だ」

冷静に答えているようで、声が震えているテスリスの返答に、ヒイロは嘆息する。

「警戒心が強い魔物だとも聞いた気がしたんですが？」

「ああ、だから痛い目に遭ったここには戻ってこないと思っていたんだ。大体、立ち塞がったヒイロさんを警戒せずにそのまま突っ込んできたのもおかしい。普通なら、一回止まって相手を観察してから再び走り出すはずなんだけど……あれはまるで、何かから必死に逃げているようだった」

言いながらテスリスはヒイロの胸ぐらを掴んでいた手を放し、地面に落ちていたバトルアックスを拾い上げる。その行動で、見なくても足音の主達はこっちに向かっているのだと悟ったヒイロは、ゆっくりと振り返った。

ヒイロの目には先程と同レベルの大きさの奴や、それよりも小ぶりな奴など、計八匹程のビッグフィアスボアの姿が映った。

「う～ん、背後に漏らさずに全部倒せるでしょうか……」

その数に冷や汗を流すヒイロの耳に、地響きのような足音とともに、妙に聞き慣れた声が飛び込んでくる。

「テメェら、いちいち逃げねぇで大人しく殺られやがれ！」

ビッグフィアスボアの足音に負けない怒声にヒイロが苦笑いを浮かべると、その顔の横にニーアが飛んできた。

「今の声って、どっかで聞いたことがあるよね」

そうヒイロに確認するニーアの顔にも、苦笑いが浮かんでいる。

「ええ。つまりはこのビッグフィアスボア達は彼に追われてこっちに向かってきてるってことですよね……まったく、迷惑、なっ！」

ヒイロはセリフ終わりの言葉に力を込めて、集団から抜け出して向かってきた一匹を思いっきりぶん殴る。顎を殴られたビッグフィアスボアはそのまま宙を舞い、後続の群れを飛び越えて後方にいた人影へと飛んでいった。

「うおっ！　危ねぇ！」

突然、先頭の一匹を吹き飛ばした存在に危険を感じたのか、ヒイロを避けるようにビッグフィアスボアの群れが二股に分かれ走り抜ける。そんな中、最後方にいた人影は、突然飛んできたビッグフィアスボアを無骨な銀槍で受け流すように脇に弾き、自分にこんなモノを飛ばしてきた張本人であるヒイロへと凶悪な視線を向ける。

「危ねぇじゃねえか！　……ってヒイロ？」

「それはこっちのセリフですよバーラット」

走るスピードを緩めながら、自分に危害を加えようとした者の姿を確認して、目を丸くするバーラット。目の前に立ち止まった彼に、ヒイロはため息をつきながら口を開く。

「もうちょっと、魔物を追い込む場所を考えてください」

「んなこと言われても、魔物の逃げる方向なんか、操作できるか？　大体、ここにヒイロがいるなんて知らなかったんだし、それは不可抗力ってやつだぜ」

そう言って肩を竦めるバーラットに、確かにその通りだと気を取り直して、ヒイロも肩を竦める。

「で？　バーラットは何でここにいるんです？　今朝はアメリアさんに呼ばれてたんじゃ？」

「ああ、恒例の魔物討伐のクエストの開催にあたって、参加している冒険者の手に負えなそうな魔物の排除を頼まれたんだよ。まったく、過保護だと思わんか？」

面倒臭いが、アメリアの頼みとあって断れなかったのだろう。ふて腐れたような口調のバーラットに対し、ヒイロはアメリアの細かな気遣いに感嘆すると同時に、それを断れないで律儀に言うことを聞いている彼の姿に、思わず笑みを零す。

「なるほど、そういう訳だったんですか」

「大体、この依頼にはヒイロも誘おうと思っていたのに、戻ってみたらお前、いないんだもんな」

ヒイロの笑みに自分へのからかいが含まれていることを感じ取ったバーラットが、お返しとばかりに憎まれ口を叩くと、ヒイロは笑みを苦笑いへと変える。

「それは申し訳なかったですね。レッグスさん達に誘われたのでつい……でも、手を貸すというのであれば、今からでも遅くはないですよね」

そう言ってヒイロが振り返ると、崖に阻まれ足を止めたビッグフィアスボアの群れがいた。

「まあそうだな。こいつらは群れられると厄介だから、ここで倒しておきたい」

「了解です。二手に分かれて退路を断ちながら殲滅しましょう」

極悪な笑みを浮かべたおっさんが二人、崖を背に怯えたようにひと塊になっているビッグフィアスボアに向かってジリジリと歩を進めていく。

その様子に気圧されて、後ずさりながらも呆然と見ていたテスリスが、ニーアに話しかける。

「あの人は、バーラット殿だよな」

「うん。さっき言いかけてた、ぼく達のパーティの最後の一人だよ」

「何！　バーラット殿がパーティを組んでいたのか！」

驚きに目を見開き自分を見るテスリスに、ニーアはコクリと頷いてみせる。

「バーラット殿はずっとソロだと思っていたのだがな……」

実はバーラットに憧れて身体が小さいながらも前衛を選び、そしてずっとソロを貫いていたテスリスは、信じられないといった面持ちで視線をバーラット達に戻す。その先では、バーラットとヒイロがビッグフィアスボア相手に大暴れしていた。

「おらぁ！」

バーラットが一突きで首を貫き一匹仕留めると、それを恐れて彼から距離を取ろうとするビッグフィアスボア達の退路を反対側からヒイロが塞ぐ。

「逃がしませんよ。ていっ！」

ヒイロに殴られた一匹が吹き飛ばされて崖に叩きつけられると、ビッグフィアスボア達は今度はヒイロから距離を取り始める。しかし、そこには銀槍を構えたバーラットが――

そんな光景に、自分を危険に晒した相手とはいえ可哀想に思えて、テスリスは複雑な心境になりながら生き生きと槍を振るうバーラットを見続けた。

「……私もパーティを組もうかな……」

バーラットとヒイロの力尽くの連携を見てるうちに、無意識に零れたテスリスの呟きを聞いて、ニーアはニヤリと口角を上げた。

「だったら、レッグス達に話を通してあげようか？　レッグス達ならテスリスがどんなにちっこくても迎え入れてくれると思うよ」

「ちっこいのは関係ないだろ！」

　禁句を躊躇なく口にするニーアに、テスリスは両手を上げ下げしながら憤慨する。その様子を横目に、バーラットはため息をついた。

「何やってんだ、あいつら？」

「じゃれてるだけですよ。このような場面で騒げるとは、案外、テスリスさんはレッグスさん達寄りなのかもしれませんね」

「ん？　何のことだ？」

　言葉の意味が分からずに首を傾げるバーラットに、ヒイロはそのうち分かりますよと言葉を濁す。

　ヒイロ達に挟まれたビッグフィアスボアは既に二匹まで減っていた。それに近寄りながら、二人は余裕で喋り続ける。

「しかし、やっぱりバーラットが一緒だと、戦闘が楽ですねぇ。最近は、若者の引率まがいの戦闘ばかりでしたが、やっぱり私にはリーダー役は向きません」

「ふん、俺の苦労が少しは分かったか？　お前やニーアを率いるのがどんだけ大変か……」

　いかにも苦労してきたと言いたげなバーラットの口振りに、ヒイロはニヤケ顔で彼を見る。

「バーラットの場合、考え無しにしか見えてなかったんですけどねぇ」

「ばっかやろう、俺だって色々考えてんだよ。ヒイロの投入のタイミングやニーアの安全の確保。特にお前に好き勝手暴れられると、戦況がめちゃくちゃになって大変なんだよ」

「それは気付かなくて申し訳ありませんでした、ねっ！」

「分かってくれればいいんだ、よっ！」

会話終わりに、ついでとばかりにビッグフィアスボアへ一匹ずつトドメを刺す二人。

ヒイロとバーラットは、敵がいなくなると互いに顔を見合わせて小さく笑みを零した。

「……凄い……」

魔物の屍をバックに悠々と立つ二人に目が釘付けになるテスリス。その視線には、自分が追い払うので精一杯だったビッグフィアスボアをあっさりと倒してしまった二人への憧れの色が見て取れた。

「でしょう。当然だよ」

まるで自分の手柄のように勝ち誇るニーアに、テスリスは思わず目を向けた。

「何故ニーアが、勝ち誇る？」

「だって、ヒイロの手柄はぼくの手柄だもん」

「何だその論理は！」

ニーアの言い草に、テスリスは食ってかかる。

「あっ！　いたいた、ヒイロさん……って、バーラットさんもいたんですか！」

「ヒイロさん、突然落ちるなんて心配しましたよ……バリィさん、リリィさん！　ヒイロさんいましたよ！」

横合いの森の中からレッグスとレミーが現れ、テスリスは振り上げようとした手をそのままにそちらへと視線を向けた。すると、レミーに呼ばれたバリィとリリィも姿を現す。

「ヒイロ様！　お怪我はありませんか？　負傷してるようならすぐにヒールをかけますが？」

「リリィ、ヒイロさんがあの程度の崖から落ちて怪我する訳ないじゃないか……ん？」

脇目も振らずにヒイロの下に駆けつけようとするリリィの襟首を掴み、諭すように話していたバリィの言葉が途中で止まる。その視線はまっすぐにテスリスへと向けられていた。

「……えーと……ニーア、その子誰？」

子供にしか見えないテスリスに困惑してバリィが尋ねると、レッグス達も何のことだと彼女に視線を集める。聞かれたニーアはニヤッと笑いながらテスリスに小声で話しかけた。

「レッグス達って、テスリスの素顔知らないんだ？」

「うむ、多分そうだろう。私は人前ではめったに兜を脱がんからな」

「へー、そうなんだ……ねぇ、レッグス、ちょっと来て！」

「何だよニーア？　俺達は倒したロックタートルをヒイロさんに運んでもらいたいんだけど……」

ニヤニヤしたニーアに呼ばれレッグスは、面倒臭そうに近付いてくる。彼等はロックタートルを倒したはいいが、あまりの重さに運ぶことができず、ヒイロに回収してもらおうと考えていた。そんな彼等の都合などおかまいなしに、ニーアは口元を両手で押さえながら口を開く。

「この子が、レッグス達のパーティに入れて欲しいんだって」

「なっ！」

突然のニーアの発言にテスリスが驚愕し目を見開くと、レッグス達が訝しげにそんな彼女に目を向ける。

「ふ～ん、この子がねぇ……ん？　この鎧……どっかで見覚えが……」

レッグスが記憶の糸を必死に手繰り寄せていると、初めからその存在に疑問を持っていたバリィが「あっ！」っと声を上げる。

「まさか……テスリス！」

「えっ？　……ええっ～!?」

バリィが口にしたまさかの名に、レッグスとリリィはテスリスをまじまじと見つめ、そのゴツい鎧に記憶が一致し、同時に驚きの声を上げる。

「ちょっ……冗談だろ」

「……絶対、中身はむさいドワーフだと思ってたのに……」

「こんなちっこい女の子が中に入ってたなんて……」

レッグスとリリィ、バリィからそれぞれに奇異の視線を向けられ、テスリスはヒクヒクと頬を引つらせ――

「……ちっこくて悪かったな！」

そして爆発した。

その様子を少し離れた場所で見ていたヒイロは、微笑ましげに口元を綻ばせる。

「やっぱり、思った通り馴染んでますねぇ」

「あれがそう見えるのか？　だとしたら、俺に見えてるのは、お前が見てるものと違うかもしれんな」

ジト目を寄越すバーラットに、ヒイロは笑顔のまま目を向ける。

「ヨソヨソしいより、ああいう本音をぶつけ合ってる会話の方が、互いの距離を早く縮めると思いませんか？」

「かもしれんが……」

何か言いたげなバーラットだったが、二人に近付いてきたニーアとレミーの会話がそれを遮った。

「ニーアちゃん、あのまま放ったらかしにしていいのかな？」

「いいのいいの……あっ、ヒイロ！　レッグス達、あの亀を運べなくて崖の上に置いてきちゃったみたいだから取りに行こ」

背後から聞こえてくるレッグス達とテスリスの喧騒をチラチラと気にするレミーに対し、

ニーアは気にする様子を微塵も見せずにヒイロの肩へと降り立つ。

「あれは確かに運べませんよね。バーラット、ちょっと崖の上まで魔物を取りに行ってきます」

「んん？　そんな大物を倒していたのか？　亀とか言ってたが……」

「ええ、ロックタートルです」

ヒイロは崖の上を指差し、断りを入れて歩き始めた。その後に続きながらバーラットが聞くと、彼は事もなげに答える。

「なにぃ！　ランクAの魔物じゃねぇか」

「重かったですからね。レッグスさん達では運べなかったんでしょう。ところで……」

会話の途中でレッグス達に視線を向け、あの調子ならいがみ合いながらも最後は仲良くなるのではないかとほくそ笑みながら、ヒイロは背後を歩くバーラットとレミーに目を向ける。

「私達の首都への出立はいつ頃です？　まさか明日ってことはないですよね」

楽しみでもあり、憂鬱(ゆううつ)でもある首都行きの予定を聞いてきたヒイロに、バーラットはキョトンとした顔を向ける。

「何言ってんだヒイロ。そんなの、城から呼び出しが来てからに決まってるだろ」

「ええっ！　すぐに出発する訳じゃないんですか？」

バーラットの言葉に、近いうちに出発するものだと思っていたヒイロは目を丸くする。

「当然だ。それに、呼び出しが来るってのも確定事項じゃないからな。ほんのわずかだが、来ないって可能性もある」

「あっ、そうなんですか」

首都行きがすぐではないと分かり、ヒイロはホッとしたような、それでいて問題を先延ばしされたような気分になる。

しかしそれならば、レッグス達とテスリスが仲良くなっていく過程が見られるのではないかと、新たな楽しみを見出して笑みを浮かべるヒイロ。そして彼は、バーラット、ニーア、レミーとともに森の中を進んでいった。

閑話　その頃勇者達は……

橘翔子十七歳。成績優秀、運動能力抜群。人当たりが良く、面倒見も良い。通っていた高校では、生徒会長も務めていた彼女の周りにはいつも人の輪ができていた。

そんな他者から見れば完璧に見える彼女だったが、家ではアニメと漫画をこよなく愛する、隠れオタクという一面も持っていた。

そんな彼女だったから、勇者としてこの異世界に連れてこられた時は、『異世界転移キター！』と大いに喜んだ。しかし今は、アクの強い他の勇者達に辟易して、異世界なんかに来るんじゃなかったと心の底から後悔していた。

そんな翔子は今、他の勇者とともに会議室にて、中央に設置された円卓に座している。

「で、どうすんだ？　あの雑魚どもの群れは」

盗み聞きや覗かれることを配慮した窓一つ無い薄暗い部屋で、最初に発言したのは、とても勇者とは思えないガラの悪さを隠しもしない、十八歳の青年だった。青年は滑り落ちるのではないかという程椅子に浅く座り、両足を円卓上に投げ出して他の勇者を威嚇するような、目付きで見回す。

「確かに、あのゴブリンの群れはなんとかしないといけないですよね」

ガラの悪い青年に答えたのは、円卓に胸から上しか出ないような見た目十二、三歳の可愛らしい男の子。彼は答えておきながら、純粋無垢な瞳をキョロキョロと勇者達に向け、「どうしましょう？」と話を振ってきた。

「ゴブリンは経験値的にも素材的にも何の得にもならない最低の魔物。さっさと元から断ってしまうのが得策ですね」

そんな男の子の言葉に、眼鏡をかけた貧相な体格の十五、六歳の少年が答える。少年は、眼鏡の縁を人差し指でクイっと上げながら、「皆で一気に攻めれば、それも難しくないのでは？」と進言した後、他の勇者の言葉を待つ。

今、十人の勇者は三つのグループに分かれていた。

一つ目は、ガラの悪い青年と、同種のもう一人で構成された、『折角力を持って異世界に来たんだから、好き勝手してもいいんじゃないか』という考えを行動の端々で見せる二人組。

二つ目は、眼鏡を掛けた少年をリーダーとした三人組で、元々ゲーマーだった者達の集まりらしく、やたらと効率を重視した行動が目についていた。

そして三つ目は、可愛らしい男の子を中心とした四人組で、『神の名の下にこの世界を救おう』と、翔子からしたら本気で言ってるのか疑いたくなることを平然と公言している。

もっとも、そういうことを頻繁に口にしているのは男の子だけで、他の三人はその彼のやりたいようにさせてるように翔子には見えていたが。ちなみに、この四人組は男の子以外は全員女性だ。

翔子はこの三つのグループ全てに馴染めず、自らの意思で孤立していた。

彼女の考えはこうである。

まず、ガラの悪いグループは論外。

ゲーマーのグループは、一見一番自分に近い人種の集まりに見えた。しかし効率を重視するあまり、雑魚には目もくれずにターゲットに向かい、後方にいたこの世界の兵士達が彼等の脇を擦り抜けた雑魚によって大きな被害を受けるということが度々あった。どうやら彼等は、この世界の人達をＮＰＣ(ノンプレイヤーキャラクター)程度にしか思っていない節(ふし)があり、その対応が翔子には気に入らなかった。

　そして最後に、男の子のグループ。男の子は正義感が強く協調性もあったのだが、その性質はスキルという大きな力を得たことで少し歪んでしまったようだった。たまに、自分の正義感を押し通す為に、味方に対しても力を誇張(こちょう)することがあり、そこが翔子のひんしゅくを買っていた。

（力無き正義は無意味って、よく漫画なんかで表現されてたけど、力を振りかざして自分の正義を相手に強要するって、実際に自分がやられたら鬱憤(うっぷん)が溜(た)まるのよね）

　というのが、男の子に対する翔子の素直な気持ちである。

「元から断つって言うけどよお、元って一体何なんだよ？」

　眼鏡を掛けた少年の提案に、ガラの悪い青年が食ってかかるように聞き返す。眼鏡をかけた少年は、その質問を待ってましたと言わんばかりに口角を上げながら言葉を発した。

「我々が調べたところ、あのゴブリンの大量発生は、魔族の幹部(かんぶ)が連れてきたゴブリンエンペラーが原因だと分かりました。つまり、そのエンペラーを倒してしまえば、大量発生は止まる筈です」

「ゴブリンエンペラー？　エンペラーって、この世界で一番強い魔物の名前に付いてる称号だよね」

目を丸くして話に食いついてきた男の子に、眼鏡の少年が静かにコクリと頷く。

「エンペラー種はこの世界に十二匹しか存在せず、我々勇者をも凌駕する強さを持つという話です。ただ、その十二匹の中にゴブリンエンペラーという魔物は含まれていないそうです」

「おい待てよ。いない筈のエンペラー種を、その魔族の幹部とやらは何処から連れてきたんだよ」

「北……だそうです」

情報を鵜呑みにしていないのか、喧嘩腰に聞いてくるガラの悪い青年に対して、眼鏡の少年は淡々と答える。

実は魔族の幹部というのは、以前彼等三人が手を出して手酷いしっぺ返しを食らった、赤い瞳のゴスロリ少女だった。しかし眼鏡の少年は、自分達の失態であるその情報は表に出さずに素知らぬ顔をしていた。

「北、ねぇ……まあ、実際にいるもんは仕方がねえからいいや。それで、全員で突っ込めばそのゴブリンなんちゃらってぇのを確実に倒せるのか？」

「はい。今までゴブリンエンペラーを倒せなかったのは、僕達がバラバラに行動していたせいで、奴に辿り着く前に大量のゴブリンによって余力を奪われ、撤退を余儀なくされたからです。ですから、僕達を中心に置き貴方達が外を固めるフォーメーションで、僕達が力を温存したままゴブリンエンペラーに辿り着ければ、間違いなく倒すことができます」

したり顔で作戦を語る眼鏡の少年。しかしその作戦内容に、翔子を含めた他の勇者達の冷たい視線が眼鏡の少年のグループに突き刺さる。

「てめぇら……また、雑魚共を俺達に押し付けて自分達が美味しいところを持っていく気か！」

「今まで、一番効率的かつ安全に戦ってきたのは僕達です。その実績を考えれば、ボス戦を僕達が担当するのは当然だと思うのですが？」

「ふざけんじゃねぇよ！」

上げていた足を下ろし、テーブルを拳で叩きながら腰を浮かせたガラの悪い青年だったが、眼鏡の少年はその怒気をはらんだ言葉に全く怯まない。

「ふざけてなどいません。それとも何ですか？　貴方達がゴブリンエンペラーの相手をするとでも言うのですか？　貴方達では返り討ちにあって元の世界に戻されるのがオチだと思いますけどね」

眼鏡の少年の上から目線の言葉に、翔子は馬鹿らしいとばかりに大きくため息をついた。

創造神は勇者が死んだら生き返らせて元の世界に還すとは約束していない。だから、死んだら元の世界に帰れることは勿論、生き返る保証も無い。それが翔子の考えだった。

眼鏡の少年から、死んだら元の世界に帰るというセリフを初めて聞いた時、翔子は咄嗟に神とそんな約束を交わしたのかと問いかけた。しかし彼の返答は『こういう状況の場合、それがセオリーですから』というものだった。

（彼等は、この世界をゲームの世界かなんかと勘違いしてるのかな？　あの神様がそんな気の利いたことするとは思えないけど……）

苦笑いを浮かべながら、翔子は創造神と対面した時のことを思い出す。

彼女が白い部屋で出会った創造神は、気怠そうに現れ、「やっと八人目か……」と心底面倒臭さそうに呟いていた。その時の翔子は、異世界転移という事実に有頂天になっていてそんな創造神の態度を気に留めていなかったが、今思うと、創造神が自分達勇者を特別視しているとは到底思えなかった。

「てめぇ！　いい加減にしろよ！」

翔子が創造神との出会いを回顧している間にも、ガラの悪い青年と眼鏡の少年の言い争いはヒートアップしていた。その二人の言い争いを、男の子が笑顔で止める。

「まぁまぁ、その辺にしときましょうよ。ここで言い争ってても、事態は好転しないんですから」

男の子の制止の言葉に、ガラの悪い青年と眼鏡の少年は、不満そうにしつつも押し黙る。

二人とも知っているのだ。勇者の中で一番弱そうなこの男の子が、自分達よりも強いことを。

この三つのグループは他のグループに自分達が創造神から貰ったスキルの能力を教え合ってはいない。だが、戦いの中で互いにスキルの能力を見せていく内に、グループの力関係が無意識に決められていた。つまり、この男の子のグループが勇者達の中で一番強いのだ。

「チッ……分かったよ」

男の子の仲裁に、ガラの悪い青年は面白くなさそうに座る。しかし、眼鏡の少年はイライラしながらなおも口を開いた。

「まったく、こんなことに時間をかけている暇はないというのに……何故なら、北に向かった魔族の幹部はもう一人いるんですから……」

「えっ！　それ本当なの？」

眼鏡の少年の呟きにも似た言葉に、男の子は笑顔を消し驚いた表情を見せる。

「ええ、敵魔族を捕らえ、僕の仲間がスキルで聞き出した情報ですから、間違いはないです」

眼鏡の少年の言葉に、その隣に座る少年が頷いて肯定の旨を皆に伝える。それを見て、男の子は眉間に皺を寄せた。

「その情報って、この国の王様には伝えているの？」

「ええ、伝えてありますよ。国王の返答は『他の国で魔族が暴れる分には何の支障もありません。勇者殿達には是非とも、ここで更なる魔族の流出を食い止めることに全力を注いでもらいたい』というものでした」

眼鏡の少年の報告を聞いて、男の子の表情が曇る。

「ふぅ……要するに、自国で被害が出ないのなら放置しろってことだね……この国の王様はまだ理解してないんだ。僕達が神様から遣わされたのはこの世界を守る為であって、この国を守る為じゃないのに」

若干の怒気を見え隠れさせる男の子に、他の勇者達は余計な刺激を与えないように押し黙る。

「魔族が僕達の手の届かない所で悪さをして、あまつさえ強力な戦力を得て戻ってくるというのなら、勇者としては出向いて倒さない訳にはいかないよね」

怒気を滲ませた迫力ある表情から一変、笑顔でそう告げる男の子に対して、他の勇者が安堵したところでガラの悪い青年が口を開く。

「しかしよう、神に頼まれていると言っても、この国に俺達が世話になってるってのも事実だろ。その国のトップの言葉を無視していいのかよ?」

いつもの口調でそう問いかけるガラの悪い青年に、男の子はキョトンとした顔を向ける。

「何を言ってるの？　僕達は他ならないこの世界の創造神様から魔族の殲滅を頼まれてる

んだよ。一国の王様の言葉より、神様の言葉に従うのが正解じゃないかなぁ」

「……確かにそうかもしれねぇけど……まさか、最前線のここを放ったらかして全員で出向く訳にもいかないだろ？　だったら、誰が行くんだよ」

ガラの悪い青年の何気無い一言で、勇者達は互いに視線を交わし合う。その、グループの戦力を落としたくないという牽制(けんせい)が込められた視線は、最終的に一人の下へと集中した。

つまりは、どのグループにも属していない翔子の下へである。

「えっ！　私？」

「こいつって、どんな力を持ってたっけ？」

動揺する翔子を尻目に、ガラの悪い青年が彼女の品定(しなさだ)めを始める。その言葉に、他のグループのスキルに関して一番目を向けていた眼鏡の少年が冷ややかに答えた。

「確か……魔物の鑑定と近距離限定の速度強化。それと、大した威力ではない雷系の魔法でしたね……別段、いなくても戦力的には問題無いスキルです」

眼鏡の少年の分析結果を聞いて、男の子が翔子を見ながらニッコリと微笑む。

「じゃあ、翔子さん行ってくれます？」

城から大分離れた草原で、翔子は立ち尽くしていた。

城からの追っ手が来る様子はない。いくら自ら選んだ行動とはいえ、勇者が一人で国を出るという事態を国が許す訳がなく、バレれば国からの追跡の手が伸びることは目に見えている。それが未だに兆候すら見られないということは、他の勇者達がなんとか誤魔化しているのだろう。

その事実を確信した時、翔子の顔には自然と笑みが浮かんでくる。

「フフ……フフフッ……これで他の勇者達と離れて自由に異世界を満喫できる！」

翔子はその場で力強くガッツポーズを取って、満面の笑みで歩き始めた。

「いやー、こんな簡単に自由になれるなんて……スキルの能力を隠して影を薄くしててよかった」

翔子はこれまで自分のスキルを全力では使っていなかった。

他の勇者が魔物の鑑定スキルだと勘違いしたのは、この世の全てを鑑定できる【神羅万象の理】であったし、速度強化と勘違いしたのは、目で見える範囲に超速移動できる【縮地】。そして、雷系の魔法能力と勘違いしたのは、雷を自在に操るという強力なスキル【雷帝】であった。

今まで他の勇者の目を気にしてスキルの力を十全に出していなかった翔子。彼女はこれからは力を隠すことなく存分に異世界を楽しめると、ウキウキしながら足取り軽く北へと向かった。

あとがき

この度は文庫版『超越者となったおっさんはマイペースに異世界を散策する2』を手に取っていただき、誠にありがとうございます。

第一巻では、パーティメンバーがおっさん、おっさん、妖精……という実にアンバランスな構成でしたが、第二巻からは新顔の女性キャラクターが加わることになりました。

すでに本編をご覧になった読者の皆様はご存知の通り、レミーとテスリスの二人です。

彼女達が登場する以前は、主人公のおっさんこと山田博のパーティに入らない若い女性がリリィだけ、というあんまりな状況でした。これでようやく登場人物面における危機感を払拭できたかなと思います。

そこで今回のあとがきでは、この二人について少しお話しいたします。

まず、作者の一種の焦りから誕生した隠密のレミーですが、優秀ではあるものの、少しポンコツな性格をしております。さらには、謎に包まれた部分も多いという設定で描きました。元々の仲間達の性格が濃いので、彼らの影に埋もれないように気を遣ったことを覚えています。

次にもう一人の新顔であるテスリスですが、実はＷｅｂ版のストーリーでは、この段階で登場しておりません。というのは、第二巻にあたる部分をＷｅｂ上に執筆していた頃は今よりも経験が浅く、書籍化など全く考えていなかったため、単行本に収録する範囲を検討する段階に至ってはじめて、分量が不足しているという悲劇に気づいたからです。

初めて尽くしの第一巻を何とか無事に刊行し終えて、疲労困憊していた私にとって、その当時の状況はあまり思い出したくない、まさに苦行のような日々でした。

ストーリーはあまり変わらないとはいえ、作品全体の整合性を取るために、ほぼ一から書き直しつつ、描写を増やしたり、足りない部分は新たな話で補填したりしました。これまでは、文字量や締め切りなどの制約がなかったため、随分と四苦八苦した記憶があります。

この大工事に費やした汗と涙の結晶がテスリスであり、後半の魔物駆除の話なのです。

おっと……そんなことを書いているうちに、そろそろ文字数制限が……。一巻のあとがきで詰め込み過ぎたので、少し余裕のある書き方をしようと思っていたのですが、相変わらず文字数の計算が苦手です。

それでは、次巻でも皆様とお会いできることを願い、この辺でお暇させていただきます。

二〇二〇年九月　神尾優

アルファライト文庫

この作品に対する皆様のご意見・ご感想をお待ちしております。

おハガキ・お手紙は以下の宛先にお送りください。

【宛先】

〒150-6008 東京都渋谷区恵比寿 4-20-3 恵比寿ｶﾞｰﾃﾞﾝﾌﾟﾚｲｽﾀﾜｰ 8F
（株）アルファポリス　書籍感想係

メールフォームでのご意見・ご感想は右のＱＲコードから、
あるいは以下のワードで検索をかけてください。

ご感想はこちらから

本書は、2018年5月当社より単行本として
刊行されたものを文庫化したものです。

超越者となったおっさんはマイペースに異世界を散策する 2

神尾優（かみお　ゆう）

2020年 10月 30日初版発行

文庫編集－中野大樹／篠木歩
編集長－太田鉄平
発行者－梶本雄介
発行所－株式会社アルファポリス
〒150-6008東京都渋谷区恵比寿4-20-3恵比寿ガーデンプレイスタワー8F
TEL 03-6277-1601（営業） 03-6277-1602（編集）
URL https://www.alphapolis.co.jp/
発売元－株式会社星雲社（共同出版社・流通責任出版社）
〒112-0005東京都文京区水道1-3-30
TEL 03-3868-3275
装丁・本文イラスト－ユウナラ
文庫デザイン―AFTERGLOW
（レーベルフォーマットデザイン－ansyyqdesign）
印刷－株式会社暁印刷

価格はカバーに表示されてあります。

落丁乱丁の場合はアルファポリスまでご連絡ください。

送料は小社負担でお取り替えします。


ISBN978-4-434-27983-6 C0193